Joseph Kessel

Les cœurs purs

Gallimard

Joseph Kessel est né à Clara, en Argentine, le 10 février 1898. Son père, juif russe fuyant les persécutions tsaristes, était venu faire ses études de médecine en France, qui devint pour les Kessel la patrie de cœur. Il partit ensuite comme médecin volontaire dans une colonie agricole juive, en Argentine. Ce qui explique la naissance de Joseph Kessel dans le Nouveau Monde.

Sa famille revenue à Paris, Kessel y prépare une licence ès lettres, tout en rêvant de devenir comédien. Mais une occasion s'offre d'entrer au *Journal des débats,* le quotidien le plus vénérable de Paris. On y voyait encore le fauteuil de Chateaubriand. On y écrivait à la plume et on envoyait les articles de l'étranger par lettre.

C'est la guerre et, dès qu'il a dix-huit ans, Kessel abandonne le théâtre — définitivement — et le journalisme — provisoirement — pour s'engager dans l'aviation. Il y trouvera l'inspiration de *L'équipage.* Le critique Henri Clouard a écrit que Kessel a fondé la littérature de l'avion.

En 1918, Kessel est volontaire pour la Sibérie, où la France envoie un corps expéditionnaire. Il a raconté cette aventure dans *Les temps sauvages.* Il revint par la Chine et l'Inde, bouclant ainsi son premier tour du monde.

Ensuite, il n'a cessé d'être aux premières loges de l'actualité ; il assiste à la révolte de l'Irlande contre l'Angleterre. Il voit les débuts du sionisme. Vingt ans après, il recevra un visa pour le jeune État d'Israël, portant le numéro UN. Il vit les débuts de l'aéropostale avec Mermoz et Saint-Ex. Il suit les derniers trafiquants d'esclaves en mer Rouge avec Henry de Monfreid. Dans l'Allemagne en convulsions il rencontre « un homme vêtu d'un médiocre costume noir, sans élégance, ni puissance, ni charme, un homme quelconque, triste et assez vulgaire ». C'était Hitler.

Après une guerre de 40 qu'il commença dans un régiment de pionniers, et qu'il termina comme aviateur de la France Libre, Joseph Kessel est revenu à la littérature et au reportage.

Il a été élu à l'Académie française en novembre 1962. Il est mort en 1979.

AVANT-PROPOS

Les trois histoires qui composent ce livre sont véridiques. Selon la lettre ou selon l'esprit.

Cela ne veut point dire que j'en aie observé tous les détails ou que j'aie suivi mot à mot les relations qui m'en ont été faites. Un écrivain ne peut échapper aux nécessités de son tempérament. Il organise et dirige le récit. Il le soutient de son intuition, de son arbitraire, de ses qualités, de ses défauts. Mais ici, autant que cela m'a été possible, j'ai serré de près les données réelles.

Je dirai pourquoi, mais je veux d'abord montrer que les personnages de ce recueil ne sont pas imaginaires. Certains ont même gardé leurs noms véritables, car ils appartiennent à l'histoire. Les autres, pour être légèrement maquillés, je les ai connus.

Et voici comment.

En automne 1920, je fus envoyé par un journal assister à la révolution irlandaise. C'était l'époque la plus sanglante de la lutte contre l'Angleterre. Chaque jour des embuscades et des attaques décimaient les troupes d'occupation. L'Irlande entière, ouvertement ou sourdement, menait la guerre. Hommes et femmes, tous étaient unis contre l'oppresseur. La foi la plus ardente venait au secours d'un désir de liberté que des siècles d'oppression n'avaient pu réduire. Les prêtres, les moines se mêlaient à la révolte. Or, toute cette passion, tout ce courage se cristallisaient à un moment sur la tête d'un seul homme : Terence Mac Swiney, lord-maire de Cork, qui, ne reconnaissant pas les juges anglais, se laissait mourir dans la prison de Brighton. On se rappelle cette agonie de soixante-dix jours et comment le monde en fut ému. J'étais à Londres comme ce jeûne mortel approchait de sa fin. Un jour, dans le bureau d'Art O'Brien — terne bureau de solicitor où travaillait secrètement la délégation du Sinn Féin à Londres — je vis paraître une femme, petite et humble. La figure était effacée, la voix timide. Un imperméable sans couleur la couvrait presque entièrement. C'était la sœur du lord-maire. Elle allait le voir chaque jour dans sa cellule. Je lui demandai si elle ne tâchait pas de décider son frère à prendre quelque nourriture. Pour me répondre elle me regarda la première fois en face. Il y avait dans ses yeux, bleus comme le reflet d'une arme, quelque chose qui faisait peur. Elle dit :

— *Le voudrait-il, et par la miséricorde de Dieu il est ferme, que je l'en empêcherais.*

La femme de Mac Swiney, qui était entrée tandis que nous parlions, entendit cette phrase. Par son silence, je compris qu'elle la faisait sienne.

Ces deux femmes de Cork, je n'ai pu les oublier, comme je n'ai pu oublier le soir où, avec Henri Béraud, nous vîmes toute la population que compte leur mélancolique cité, agenouillée dans la boue et priant devant la prison dans laquelle onze jeunes gens suivaient l'exemple de leur lord-maire. Un moine, comme une statue de bure, menait, sous la lumière de cent torches, ce lamento des agonisants.

Alors déjà, avant même que ne se dessinât la victoire, on sentait chez les combattants une dissension profonde. Les uns ne visaient qu'à une liberté mesurée, comprenant que l'Angleterre n'accepterait jamais d'avoir à son flanc un peuple non ligoté et hostile. Les autres voulaient une absolue franchise. Et nous nous demandions, Béraud et moi, avec angoisse (car nous aimions ces gens hardis et farouches), quelles querelles meurtrières déchireraient ces frères en cas de demi-succès. Nous ne le sûmes que trop. Partisans de l'État libre et partisans de la République irlandaise s'entre-tuèrent. Michaël Collins, le héros de l'indépendance, personnage à demi légendaire, tomba sous les balles des amis de Valera. Plus tard, Erskine Childers, chez qui j'avais passé une de mes plus douces soirées irlandaises, fut fusillé par un gouvernement

dont faisait partie Desmond Fitzgerald, rose-croix, le
même Desmond qui m'avait conduit chez Childers.
Et tandis que j'apprenais ces nouvelles, ne me
quittait jamais l'image de la femme effacée, timide et
douce, de la femme de Cork.

Mais là, du moins, ai-je inventé le conflit qui me
semblait le plus propre à mettre en relief une figure et
une atmosphère que je connaissais. Pour Makhno et
sa juive, l'étonnante aventure qui en fait la trame, je
l'ai trouvée dans une revue historique russe, publiée
à Berlin. Les exploits de Makhno ont fait retentir de
sauvages échos l'Ukraine pendant des années. Sa
destinée se rattache à une tradition russe qui fait, à
chaque époque trouble, surgir de surprenants chefs
de bande de la terre noire. Makhno est, m'assure-
t-on, aujourd'hui à Paris. Il a même, paraît-il,
proféré à mon égard quelques menaces pour l'avoir
osé peindre à vif et, à son avis, faussement. Moins
pour lui répondre que pour accuser le cadre où il a
vécu et son portrait, je traduis la relation qu'a faite
dans le Roul, voici quatre ans, un journaliste russe,
M. Arbatof, témoin de la prise d'une ville par
Makhno. Quand on aura lu ce passage, on ne
trouvera, je pense, rien d'excessif dans la nouvelle
qui met en scène l'ataman.

« A quatre heures de l'après-midi, écrit le journaliste, des makhnovtzi à cheval parcouraient les rues

de notre ville, groupant autour d'eux toute la racaille des faubourgs.

« *Le lendemain matin, le* batko *en personne " s'amusait " avec son état-major.*

« *La tuerie des bourgeois commença. Entre autres, les* makhnovtzi *précipitèrent du quatrième étage un juge, un industriel, un gros propriétaire terrien, un ingénieur, un prêtre.*

« *Quant au* batko, *il s'occupait à fracturer les coffres-forts des banques et nettoya complètement le mont-de-piété.*

« *Un soir, parmi les* makhnovtzi *qui firent irruption dans ma chambre, se trouvait Makhno lui-même. Il habitait dans ma maison et voulait faire connaissance avec tous ceux qui vivaient sous le même toit que lui.*

« *Petit, presque un grand nain, avec des bras très longs, vêtu d'une capote d'officier et coiffé d'un haut bonnet noir, il me demanda brièvement, d'une voix rauque :*

« — *Vous me connaissez ?*

« *Et sans attendre de réponse, il déclara, non sans orgueil :*

« — *Je suis Makhno.*

« *Puis il me tendit la main.*

« *Je ne me souviens plus de ce que je balbutiai à ce moment, mais vingt minutes après le* batko *et toute la compagnie buvaient chez moi de la vodka, du thé, mangeaient du fromage, du lard et du saucisson.*

« *Je ne sais pourquoi ils décidèrent que j'étais un acrobate et, ivres, insistaient sans répit :*

« — *Allons, marche sur les mains.*

« *Ils burent jusqu'au matin. La saoulerie recommençait le soir dans ma chambre, et le batko exigea que je fisse bouillir moi-même le samovar...*

« *Le matin Makhno passait en revue sa cavalerie et à son salut de bandit :*

« — *Bonjour, mes salauds !*
répondait une clameur unanime :

« — *Bonjour, batko !...*

« *... Des manteaux d'astrakan qu'il avait trouvés au mont-de-piété, Makhno fit fabriquer des bonnets à sa cavalerie et les distribua lui-même à ses gars de confiance...*

« *Ayant tiré d'une cave dix-huit barriques d'huile de tournesol, Makhno eut l'idée d'organiser une distribution sociale. Sur la place du marché, on donna à chaque femme et à chaque gamin qui se présentait deux seaux d'huile.*

« *En revanche, lorsqu'une délégation de postiers affamés vint trouver Makhno, celui-ci décida :*

« — *Chassez les postiers. Je n'écris pas de lettres. »*

« *A la délégation des cheminots, il déclara :*

« — *A quel fichu diable êtes-vous utiles ? Vous estropiez les gens, c'est tout. Si quelqu'un a besoin d'aller quelque part — une charrette, un cheval et marche ! Ça ne fume pas, ça ne pue pas. Je vous fais cadeau de tout le matériel de chemin de fer.*

« *Mais, ayant appris que des ouvriers malades mouraient de faim à l'hôpital, Makhno eut un brusque attendrissement et leur fit donner immédiatement et sans aucune formalité un million et demi de roubles Denikine.*

« *Une minute après, il tuait de sa main son chauffeur parce que sa voiture n'était pas prête.*

« *Le soir Makhno se rendit au théâtre où jouait une troupe de nains Lilliput. Il alla dans la loge de la " jeune première " et la viola sur place.*

« *Quand le chirurgien Doljanski eut opéré avec succès de l'appendicite la femme du* batko, *institutrice de Gouliaï-Polié, Makhno sortit de la poche de sa capote une poignée de diamants et l'offrit au vieux chirurgien. Sur le refus de celui-ci, il distribua les pierres précieuses aux infirmières.* »

Quant au capitaine Sogoub, je l'ai vu chez mes parents.

Ainsi ces trois histoires sont véridiques, selon la lettre ou selon l'esprit, je le répète.

Si j'ai tenu à le marquer dans cet avant-propos, ce n'est point pour faire excuser l'âpreté ou la tristesse de mon livre. Un auteur ne justifie que par la façon dont il les traite le choix de ses sujets. Mais en insistant sur le caractère authenti-

que de ces récits, peut-être ferai-je sentir l'unité d'un recueil qui semble, à première vue, disparate.

Ayant vécu, les personnages de ces nouvelles ne sont plus seulement des fictions, mais des témoins. Les témoins d'un temps — le nôtre et le plus fertile en tragédies. Les journaux nous ont si bien habitués aux catastrophes, aux émeutes, aux drames où tout un peuple est engagé que — pareils aux fossoyeurs qu'un cercueil n'émeut plus — nous vivons insensibles au milieu du sang et de la détresse.

D'ailleurs, les événements massifs, les souffrances en bloc ne frappent l'imagination ou la pitié qu'imparfaitement et d'une manière abstraite. Pour être vivants, notre tendresse ou notre effroi exigent un exemple singulier. Nous sommes ainsi faits que le visage d'un enfant qui pleure nous touche plus que d'apprendre la mort par la faim de toute une province.

Or, des voyages et des amitiés nouées en des lieux nocturnes m'ont donné des illustrations pathétiques de la misère et de l'héroïsme où vit notre époque. Son désordre et ses épouvantes ne sont pas en effet sans grandeur. Elle a, chez beaucoup d'hommes, libéré les instincts, quels qu'ils soient, du plus noble au plus vil. Et un instinct, s'il est net de tout alliage, a toujours quelque chose de fort, de vierge qui force l'admiration. Il y a en lui cette pureté des animaux et des plantes que ne peuvent acquérir nos sentiments les plus raffinés.

Les cœurs instinctifs sont purs sans qu'inter-

vienne aucune notion morale, purs à la manière d'un vin, d'une pierre ou d'un poison, purs par leur violence et leur intégrité. Cela explique le titre sous le signe duquel sont groupés ces récits et qui, peut-être, étonnera puisqu'il s'applique à Mary qui engage son fils dans un parricide, à Makhno l'égorgeur, à Sogoub, le déclassé douteux.

A mon cher Henri Béraud,
en souvenir de Dublin et de Cork,
cette histoire irlandaise.

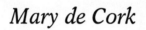

Mary de Cork

I

Art Beckett choisit un tabouret très bas derrière un tonneau. Comme il avait les cheveux d'un roux sale et le visage tout poinçonné par la petite vérole, il avait préféré dès sa jeunesse les endroits obscurs. L'habitude était prise et il s'y conformait machinalement, bien qu'il n'eût plus honte de ses traits.

Le garçon, accoutumé à ses goûts, posa devant lui quelques tranches de saucisson fumé et une bouteille de porter irlandais, épais et noir comme du goudron.

Art demanda :

— Personne pour moi, Jimmy ?

— Personne, dit le garçon.

Il ajouta, le menton penché sur le couteau qu'il essuyait :

— On sait où vous trouver ailleurs maintenant.

Art ne répondit rien, goûta le breuvage qui

faisait de son verre un cylindre d'onyx, puis murmura :

— Oui, on sait...

Il couvrit du regard la cave étroite, hérissée de barriques d'où l'on tirait le vin de Porto. Dans ce bar, s'étaient tenus bien des conseils funestes aux soldats du roi George. En ce temps, certes, on ne rencontrait pas facilement Art Beckett, toujours en fuite, en embuscades, et cette cave était le seul endroit où les compagnons fidèles pouvaient le joindre. Aujourd'hui, il marchait sans crainte à travers Cork, et son uniforme de lieutenant aux fusiliers de l'État libre était légal. Il avait suivi Michaël Collins dans son entente avec l'Angleterre contre l'irréductible rébellion de Valera.

Il répéta indistinctement :

— Oui, on sait...

Ses yeux attentifs s'attachèrent au visage du garçon. Jimmy n'avait pas parlé au hasard. Art le connaissait bien, car ils avaient servi côte à côte dans la lutte contre la Couronne, et leurs balles conjuguées avaient troué beaucoup de poitrines anglaises. Jimmy ne disait rien qui ne fût médité, préférant aux paroles vaines la lecture d'un petit Évangile, corné à toutes les pages. Le même, sans doute, que Beckett voyait gonfler en cet instant la poche de son blanc veston de serveur, sur la hanche creuse.

A quel parti tenait maintenant ce garçon maigre et taciturne ? Collins ou Valera ? Depuis la paix, il avait repris sa place au bar, sans se prononcer. Mais son fusil pouvait mêler sa voix brève à ceux des républicains[1]. Les rejoignait-il la nuit dans les montagnes voisines, ou leur servait-il d'indicateur ?

Une tristesse plus âpre, plus dure que la terrible boisson qui chargeait son verre ploya la nuque de Beckett. Que de camarades changés en implacables ennemis ! Et qui avait raison de ces fratricides ?

Une pensée l'effleura soudain qui fit légèrement trembler ses massives épaules. Jimmy espionnait peut-être pour le compte de l'État libre. Art savait combien avaient été secrets, subtils et largement éployés les rets du service de renseignements au temps de la guerre avec les Anglais. L'État libre ne les avait pas relâchés ; au contraire. Jimmy pouvait en être un agent. Mais alors, celle qui devait venir...

Deux hommes entrèrent, portant sur leurs traits la fatigue d'un jour laborieux. Ils vinrent s'accoter au bar et, devant du whisky pur, échangèrent des paroles lentes. Puis d'autres et d'autres encore franchirent le seuil.

Jimmy s'approcha de Beckett et feignit de changer son assiette.

— Suivez-moi, souffla-t-il.

Art se rejeta légèrement en arrière.

1. En lutte contre l'État libre d'Irlande.

— Suivez-moi, reprit le garçon, impassible. Vous ne pouvez pas voir Mary au milieu de tout ce monde.

Comme un automate, Beckett se leva. Jimmy savait. La question était donc résolue : il appartenait aux rebelles. Mais, bien qu'il le reconnût ainsi pour un adversaire, Beckett eut un sentiment de libération. Mary ne serait pas livrée. Et dans sa large poitrine son tendre cœur se réjouit.

Jimmy jeta sur les consommateurs un regard rapide. Chacun, courbé sur l'alcool fauve, y suivait le vol pesant d'opaques rêveries.

Le garçon ouvrit la porte d'un réduit obscur qui, près du bar, servait à ranger les bouteilles vides. Beckett s'y glissa. Les mains dans les poches, le dos contre les planches, il demeura immobile.

Son anxiété ne parvenait pas à crisper son grand corps. Il avait de l'attente une habitude trop profonde pour qu'un sentiment quelconque pût mordre sur sa patience. Des heures de guet, fusil au poing, dans le creux d'un buisson, à l'embrasure d'une fenêtre, entre deux rocs, avaient façonné chacun de ses muscles et ils avaient pris cette souplesse pétrifiée qui est celle des carnassiers quand ils surveillent leur proie. Que son attente eût en ce jour l'amour pour objet au lieu de la haine, cela n'entamait en rien la puissance mécanique de son calme. Et de même qu'une onde subite raidissait tous ses nerfs à

l'approche d'un détachement anglais avant
même qu'il ne l'entendît ou le fleurât, de même,
un sens secret l'avertit que sa veille passionnée
prenait fin.

Il eut à peine le temps de s'incliner que la porte
s'ouvrit. Une silhouette dressa, pendant une
seconde, sa forme chétive sur le fond lumineux et
ce fut de nouveau la nuit complète.

Elle était là, près de lui. Leur silence fut long. Il
sentait sa respiration rapide qui, dans les ténè-
bres, était la seule marque de sa présence. Enfin
il murmura :

— Mary.

Elle ne répondit pas, mais il comprit au bruissement de l'étoffe qu'elle avait remué. Était-ce
pour se rapprocher ou s'éloigner de lui ? Il étendit
le bras à l'aveuglette. Ses doigts touchèrent un
tissu rugueux et, frémissants, reconnurent une
épaule. Art devint faible et comme vidé de sang.
Elle, cependant, n'avait pas fait un geste mais il
entendait ses lèvres frémir sur le rythme familier
des prières.

Aussitôt le vertige de Beckett se dissipa. Il
prêta l'oreille avec avidité, tâchant en vain de
discerner les mots que chuchotait Mary. Ne
pouvant plus se contenir, il demanda :

— Pourquoi priez-vous ?

Une voix s'éleva, si connue qu'il en fut tout
bouleversé de tendresse et que de nouveau sa
force déserta son corps.

— Pour que notre séparation prenne fin, dit-elle.

La main de Beckett palpita, affermit son étreinte ; il allait attirer Mary contre lui, lorsqu'elle ajouta :

— Et je demande à Dieu qu'il vous fasse connaître enfin votre vrai devoir d'Irlandais.

Alors il retrouva dans la douceur enfantine de ce timbre l'accent implacable, la funeste volonté et sa courte béatitude fondit en une détresse sans limite. Mary ne revenait pas repentante, mais armée pour le même combat qui les avait si mortellement déchirés. Dès les premières paroles apparaissait, opiniâtre et fatale, l'image de leur discorde.

— Mon devoir..., commença-t-il.

Mais il se tut aussitôt. Il était vain, après dix mois de rupture, de reprendre une discussion tant de fois épuisée, puisque ni elle ni lui n'avaient changé de sentiment. Il tenait toujours pour Collins, Mary pour Valera.

Rien n'avait pu concilier leurs ferveurs contraires, ni les années de mariage ni leur enfant. Elle avait préféré suivre dans leur vie périlleuse ceux qui voulaient pour l'Irlande la liberté parfaite et tout immoler à son rêve plutôt que de l'accepter réduit. Et lui, malgré tout son amour pour elle, amour fidèle, brûlant et humble, il n'avait pu se résoudre à prendre les armes pour une cause qu'il jugeait néfaste à la vie de son peuple.

Il parut à Beckett que l'obscurité qui les cachait l'un à l'autre se faisait plus épaisse, qu'elle prenait une matière presque tangible de mur. Cette impression l'accabla si profondément qu'il ne songea même pas à demander pourquoi Mary avait voulu cet entretien. Son espoir ruiné ne laissait à son esprit ni volonté ni désir. Il sentit seulement combien était lourd et moite l'air qu'il respirait et passa une main invisible sur son front.

Mary ne bougeait pas. Sans le poids qui maintenant chargeait sa poitrine, Beckett eût pu croire qu'il l'attendait encore. Et son sentiment de solitude était si puissant que, pour se distraire, il écouta machinalement les voix éraillées qui parvenaient du bar.

— Trois livres qu'ils m'offrent par semaine, disait l'une, ça n'est pas assez.

— Toujours bon à prendre quand on chôme, répliquait une basse résignée.

— Et le Syndicat ?

La discussion se poursuivit lourde et tranquille, à coups d'arguments assenés avec maladresse et bonne foi. Sa lente monotonie engourdissait Beckett. Mais les voix se turent. Quelqu'un demanda le prix des consommations. De l'argent tinta sur une table et le son clair tira Beckett de sa torpeur. Et lorsque la conscience lui vint qu'après une si longue séparation, ayant

Mary à ses côtés, il avait pu se laisser absorber par une conversation d'ouvriers inconnus, appesantis de whisky et de gin, sa gorge se noua de pitié misérable pour son propre destin.

En même temps il eut peur, peur que les minutes précieuses qu'il avait à passer avec Mary aillent s'émietter dans cet insoutenable silence. Il fallait en profiter intensément, les rendre riches de souvenirs, inoubliables. Une hâte fébrile de parler, d'écouter, de vivre une vie commune s'empara de lui. Mais que dire ? Comment entreprendre un entretien dont chaque mot devait être essentiel ? Pour la première fois de son existence, il eut l'intuition qu'il ne savait pas exprimer tout ce qui chargeait son âme et que les paroles simples dont il usait à l'ordinaire n'étaient pas suffisantes à libérer un cœur plein d'amour désolé et de triste joie.

Ce fut Mary qui le tira de cette angoisse nouvelle en demandant :

— L'enfant est bien ?

Heureux de répondre à la voix qu'il avait désespéré un instant d'entendre de nouveau, il dit à mots pressés :

— Très bien, chérie... il pense beaucoup à vous. Il demande toujours après sa mère.

Il eut un rire bref, accompagné d'un hochement de tête que Mary devina, car elle connaissait tous les gestes liés à certaines de ses inflexions.

— Je crois que Gerald vous aime toujours plus que moi, ajouta-t-il.

— Vraiment ?

Sa voix frémit à peine, mais Beckett, à son tour, malgré l'ombre, sut que les paupières de Mary battaient rapidement comme elles le faisaient chaque fois qu'elle voulait cacher une émotion douce et forte.

Sans qu'ils s'en fussent rendu compte, cette pénétration divinatrice les avait imprégnés d'affection et d'oubli. Elle ressuscitait les années vécues ensemble dans la confiance, au cours desquelles ils avaient appris à connaître et à aimer chaque expression de leur visage, chaque attitude de leur corps. Tout à coup, Mary fut contre Beckett. L'avait-il attirée, ou s'était-elle avancée vers lui ? Ils ne le savaient pas. Mais il sentait sa tête appuyée à son épaule et caressait de ses doigts malhabiles une main dont il retrouvait avec ravissement les dures articulations et la peau gercée.

Une vive lumière les éblouit.

— Il n'y a plus personne, dit Jimmy sans les regarder et comme indifférent. Partez vite, avant que d'autres ne viennent.

Dans la rue, il bruinait. Les gouttes animaient de courtes vibrations la rivière dont Art et Mary suivaient la berge. Le crépuscule traînait sa brume presque au ras des mâtures dépouillées et les bateaux semblaient des épaves luisantes.

Beckett tenait sa femme par la taille. Qu'elle était fragile et faible, et légère ! Et comme invinciblement elle prenait sa vigueur, comme elle appelait à son unique service la force dont il se sentait empli ! Ils marchaient sans parler, heureux tous deux et craignant obscurément qu'un mot ne vînt rompre cette félicité qui les protégeait contre le froid, la bruine et leurs aspirations ennemies.

La ville était d'une tristesse hargneuse. De rares passants longeaient les quais. Les maisons vieilles et pauvres portaient les blessures de la guerre civile : des planches mal jointes rapiéçaient les devantures fracassées à coups de crosses, les balles avaient laissé leurs traces sur les murs écaillés. Partout des mendiants pétrissaient la boue de leurs pieds nus. La rivière roulait un flot lent et morne et la pluie enduisait les rues, les demeures et les gens d'un terne éclat, d'une patine sans beauté.

Mais ni Beckett ni Mary ne s'apercevaient de cette laideur, de cet ennui. Leur vie entière en avait été enveloppée et ils n'imaginaient pas qu'il pût y avoir cité plus noble que celle de Cork, citadelle de la liberté irlandaise, asile du recueillement, de la lutte et de la prière.

Comme ils passaient devant le pont qui donne sur l'hôtel de ville, une troupe glapissante d'enfants les arrêta. Ils couraient comme poursuivis par un péril mortel. Les haillons qui les couvraient à peine laissaient voir dans la pénombre des plaques mates de peau. Leurs pieds nus insensibles martelaient le pavé raboteux. Ils agitaient tous des feuilles fraîchement imprimées, leurs voix stridentes clamaient les titres des journaux. Lorsqu'ils aperçurent le couple, leur meute turbulente l'assaillit.

Beckett, en riant, se frayait un passage à travers ce petit peuple bruyant et joyeux malgré la bise qui lui bleuissait les doigts. Mais les enfants étaient tenaces et leur tourbillon se reformait sans cesse, audacieux, suppliant.

Art, pourtant, était décidé à ne pas se laisser fléchir. Son instinct de bonheur le lui interdisait, car dans chaque journal l'attendaient des listes de morts et parmi eux les noms de ses camarades ou de ceux de Mary. Elle comprenait sa répugnance et de son côté tâchait de se défaire des petits vendeurs obstinés. Mais l'un d'eux, distinguant l'uniforme de Beckett, s'accrocha aux pans de sa vareuse et cria d'une voix impudente et fraîche :

— Prenez-moi un journal, capitaine. Mon père a été tué par ces damnés rebelles.

— Donnez-lui trois *bobs*, murmura Mary.

Beckett sentit qu'elle avait, en même temps que lui, songé à leur enfant.

II

Quand Mary pénétra dans l'antichambre, Art se rappela tout à coup qu'il ne l'avait pas vue encore, l'ombre lui ayant dérobé ses traits jusque-là. Il recula pour la mieux regarder, tandis qu'aveuglée par la lumière subite et scellée sur place par un trouble trop vif, elle avait levé ses mains à la hauteur de sa poitrine.

L'imperméable couleur de terre qui couvrait jusqu'aux pieds son corps maigre et le chapeau de feutre brun enfoncé jusqu'aux sourcils, Beckett les reconnaissait bien. Ils servaient à Mary depuis des années, sans qu'elle eût jamais pensé à en acheter d'autres, ni à s'en plaindre. Et comme son visage apparaissait peu changé, entre le col humide du manteau et le bord bosselé de la coiffure ! Les mêmes lèvres exsangues et bonnes, le même ovale pur et le même teint pâle et, dans les orbites largement évasées, la même douceur, la même ingénuité du regard. C'était bien là cette figure effacée, fruste, qu'il aimait tant et devant laquelle il était pris d'une sorte de crainte attendrie, ainsi que devant une trop frêle image de piété.

Comme toujours il éprouva une gêne inconsciente de ses larges épaules, de ses cheveux roux, de ses mains noueuses, de sa voix forte.

Mary n'eut qu'à le regarder, maladroit, piétinant sur place pour le deviner soumis de nouveau et anxieux seulement de lui plaire. Elle sourit lentement, avec une fierté enfantine.

— Vous ne m'avez pas embrassée, Art, dit-elle.

En se penchant vers ses joues, il sentit qu'elles avaient perdu de leur fraîcheur. La peau en était devenue plus rude et coupée de fines crevasses. Il aperçut également deux rides toutes neuves qui marquaient les coins de sa bouche et lui donnaient une dureté qu'il ne connaissait point. Une pitié profonde l'émut.

— La vie des montagnes est difficile pour une femme, dit-il malgré lui.

Mais elle ne l'écoutait point. Un bruit de pas légers venait de l'escalier.

— Gerald ? murmura-t-elle.

— Il revient de l'école. Cachez-vous un instant. L'enfant aurait un trop grand coup à vous trouver tout de suite. Je le préviendrai.

Le logement comprenait deux chambres qui se commandaient. Mary passa rapidement dans la dernière, trop émue par la rencontre imminente pour accorder un regard aux objets qui lui avaient été si familiers. Elle entendit la porte s'ouvrir, un bref murmure, un cri étouffé, et déjà elle tenait contre elle un garçon de dix ans qui riait et pleurait à la fois.

— Mère, disait-il, mère, vous avez été à Dublin bien longtemps.

Elle tourna vers Art un regard devenu lumineux.

— Je n'ai pas eu le courage de lui expliquer, murmura-t-il.

Mary caressa pensivement les cheveux de son fils.

— Gerald, dit-elle, avec une douceur profonde, je n'étais pas à Dublin. Votre père n'a pas voulu vous dire pour ne pas vous effrayer. Mais je vous crois assez grand et assez brave pour tout entendre.

L'enfant, comme enchanté par la simplicité solennelle de cette voix, fixait sur Mary des yeux intelligents et purs. Beckett fit un mouvement vers elle, mais élevant la main elle l'arrêta.

— Vous n'avez pas le droit de taire les choses, dit-elle, non, pas le droit.

Puis, à son fils :

— Je me suis cachée pendant dix mois dans les montagnes, Gerald, et j'ai tiré sur des hommes pour qu'un jour vous deveniez un Irlandais qui ne prête pas serment au roi d'Angleterre.

Le visage de l'enfant respirait une curiosité brûlante.

— Vous êtes alors, s'écria-t-il, avec le père de mon ami Patrick O'Rihally. Patrick me raconte tant d'histoires magnifiques sur les républicains.

Art tressaillit. Son fils savait donc ? La guerre civile, les meurtres, les atrocités ? Et comment pouvait-il en être autrement, puisque le combat maudit commençait dès l'école ? Mais par quel obscur instinct l'enfant ne lui en avait-il jamais parlé ?

Cependant Mary répondait avec la même douceur :

— Oui, O'Rihally est chez nous et bien d'autres encore. Gerald, il faudra apprendre leurs noms. Ce sont des noms vaillants.

Puis, comme touchée par la souffrance poignante qu'elle voyait altérer le visage de Beckett, elle s'écria :

— Maintenant, regardez le cadeau que je vous apporte.

Elle tira de la poche de son manteau une douille de cartouche et la tendit à son fils. Dans le cuivre, une main gauche avait sculpté la harpe d'Erin et, dessous, deux lettres emmêlées de rayons : I R [1].

---

1. Irish Republic.

Gerald n'avait pas besoin qu'on lui traduisît le sens de ces initiales. Il était né sous leur signe ; c'était le blason de tout son peuple : République Irlandaise.

Il examina la douille attentivement, moins ému par l'inscription que par l'objet lui-même qui évoquait les fusils, la bataille, et tout l'appareil guerrier qui fait passer le souffle de l'aventure dans les âmes des enfants hardis. Il se tourna vers Beckett.

— N'est-ce pas que c'est beau, père ? dit-il avec transport. Autrefois, c'est vous qui m'apportiez des jouets pareils.

Art baissa la tête. Ce soir, chaque parole de son fils semblait contenir un reproche.

Il se rappela les bivouacs où, pour tromper les heures longues, il gravait également de primitives images dans le cuivre tendre d'une cartouche, tandis que d'autres, rangées dans la culasse de sa carabine, attendaient la patrouille anglaise. Il crut sentir sur son front la morsure du vent qui court les grandes routes, dans sa poitrine l'air embaumé par les bruyères des roches violettes ; il entendit les voix graves et gaies de ses camarades courageux, il revit Jimmy penché sur son petit Évangile ; ses paumes lui parurent brûlantes encore du métal échauffé par les coups de feu. Qu'il faisait bon vivre alors, dans le péril et le froid et la mort ! Le chemin était net. Le pays entier berçait de sa louange et de sa plainte l'audace de ses francs-tireurs. Maintenant, lui Beckett, il faisait la besogne sans gloire d'un gendarme et parmi ceux qu'il traquait, se trouvait Mary, et sans doute, de cœur, son garçon.

Il chassa la tentation qui le gagnait de les suivre. C'était folie de demander plus qu'on ne pouvait obtenir. L'Anglais avait cédé sur les points essentiels et ne donnerait pas davantage. A continuer la lutte, on ruinerait une victoire payée par tant de jeune sang. Il fallait une trêve à l'Irlande épuisée et il y avait plus de courage à défendre la paix de Collins que la chimère de Valera.

Ce bref débat n'avait pas fait bouger un muscle sur le visage carré de Beckett. Mais il avait suffi du vague de ses yeux pour découvrir à Mary sa faiblesse. La main posée sur l'épaule de l'enfant, comme pour lui imposer silence, elle avait épié, pleine d'une anxieuse attente, les mouvements qui se disputaient la volonté de son mari. Et comme rien, pour elle, ne pouvait advenir que sur l'ordre de Dieu, une ardente prière gonflait sa gorge, pour que Beckett fût enfin éclairé. Mais il dit froidement :

— Ce sont de beaux jouets, Gerald, mais funestes. Fasse le ciel qu'on ne s'amuse plus avec eux chez nous. Posez la douille sur la table.

L'enfant obéit à regret.

Les rides qui durcissaient la tendre bouche de Mary creusèrent davantage leur sillon. Dieu n'avait pas voulu exaucer son vœu, elle serait ferme pour deux en même temps.

Art avait vu s'accuser les plis nouveaux imprimés autour de ses lèvres et l'éclat plus sec des yeux. Il comprit à son tour l'espoir trompé de Mary, sa révolte et qu'elle se préparait à répondre avec une véhémence cruelle. Il n'essaya pas de l'éviter. Mais dans son regard perça une supplication si navrée, il demanda si clairement grâce pour l'enfant qui ne savait rien encore de leurs déchirements que Mary eut pitié.

Puisqu'elle avait fait son devoir, qu'elle avait montré à Gerald vers quel parti devaient aller son amour et sa foi, puisqu'elle rejoindrait dans quelques heures les rebelles sur les monts qui gardent Cork, plus résolue que jamais, pourquoi ne pas accepter le répit d'une courte soirée et goûter près de son mari, dans la tendresse de son enfant, une joie qui lui serait peut-être désormais refusée ?

Elle se défit de son chapeau, qui libéra une chevelure vaporeuse et pâle, enleva son manteau. Elle portait en dessous un tailleur de serge bleue qui, à force d'être usé, tirait sur le rouge. Mal coupé, trop long, il la faisait paraître plus chétive et plus pauvre encore. Elle dit gaiement :

— Donnez-nous à dîner, Art. Gerald et moi nous avons faim.

Le repas fut très animé. Gerald raconta bruyamment ses succès de classe et ses prouesses de récréation, soutenu dans son bavardage par l'intérêt que sa mère montrait à chacune de ses paroles, au son même de sa voix. Elle était fière de le voir vif aux études, batailleur avec ses camarades, fière de son front spirituel, de ses poings solides et de ses yeux noirs qui donnaient à son pâle visage une ardeur singulière. Elle riait doucement à regarder Art faire le service et disait :

— Il y a beaucoup d'assiettes ébréchées depuis que je ne suis pas là.

Elle reconnaissait au passage tous les modestes ustensiles qu'elle avait réunis laborieusement et qui s'étaient usés au contact de ses doigts diligents.

Ils parlèrent de leur vie nouvelle. Beckett, brièvement, décrivit ses travaux à l'état-major du comté de Cork. Mary, elle, dit les nuits sans sommeil, les semaines de fuite, la veille incessante et les combats inégaux qui avaient formé la trame de son existence au cours de ces derniers mois. Bien que leurs activités eussent pour objet de semer la mort dans leurs partis respectifs, ils en discouraient sans fièvre ni haine, comme d'un métier honnêtement rempli, que l'on dépeint le soir, la journée de travail terminée. Sans doute, la muette passion avec laquelle Gerald écoutait les récits de sa mère faisait mal à Beckett, mais il n'en laissait rien paraître, résigné à ce que se livrât dans le cœur de son fils l'inévitable lutte dont l'Irlande était l'arène.

Une grande paix tombait sur la chambre. La lampe basse faisait de la toile cirée qui couvrait la table une eau lumineuse. Au-delà de cet espace restreint, l'ombre se condensait graduellement, gardienne du foyer contre tout ce que la rue et, plus loin, la campagne cachaient d'incertaines menaces. L'heure semblait immobile dans sa suavité.

De temps en temps, lorsqu'une torpeur venue de sa fatigue amollissait Mary, elle entendait bruire, ainsi qu'un murmure confus de coquillage, la rumeur d'une troupe en alerte ou d'un camp qui s'endort sous les étoiles. Mais une plaisanterie de Beckett, un sourire de Gerald l'éveillaient aussitôt, et, se retrouvant dans sa demeure près de son enfant, elle croyait que la chaîne des soirs paisibles n'avait pas été rompue et oubliait qu'il lui faudrait bientôt regagner la clairière où, graissé, luisant, et plus meurtrier d'être soigné par des mains féminines, l'attendait son fusil.

Beckett se laissait prendre à la même illusion et lorsque Mary se mit à desservir la table, rien n'exista plus dans l'univers que cette chambre close et la félicité familiale qui l'emplissait. Mais dehors une horloge tinta. Ils sentirent tous que le son étranger avait fêlé le charme.

— Dix heures, dit lentement Mary. Je devrai partir sous peu. La route est longue.

Gerald eut un sursaut, mais, rencontrant les

yeux tristes de sa mère, se contint et, penché vers elle, murmura en hâte, sans regarder Beckett :

— Allez, maman. Bientôt je serai grand et vous rejoindrai.

Elle lui serra la main comme à un homme, puis :

— Mais avant de m'en aller je voudrais vous coucher, Gerald, et dire avec vous votre prière.

Comme elle achevait ces mots on heurta la porte qui donnait sur le palier. D'un geste vif et sûr, Mary mit son manteau et son chapeau. Puis tout son corps tendu chercha instinctivement un moyen de fuir. Art l'arrêta.

— Vous n'avez rien à craindre, dit-il, dans un souffle. Personne ne vous sait ici. Passez dans la chambre de Gerald, déshabillez-le sans bruit. J'aurai vite fait.

— Ah ! Ralph ! bonsoir, dit Beckett en ouvrant la porte.

L'homme portait également l'uniforme des fusiliers de l'État libre. Petit, le torse étroit, il avait un visage marqué par l'alcool, la ruse et la volonté.

— Je ne vous dérange pas, Art ? demanda-t-il.

— Non, je n'avais personne. Quand vous avez frappé j'envoyais Gerald au lit. C'est pourquoi je vous ai fait un peu attendre.

Ils entrèrent dans la salle à manger. Sur la table il restait une bouteille de « pale ale ».

— Un verre ? demanda Beckett.

— Du whisky, plutôt. J'ai beaucoup travaillé et j'ai besoin d'un coup de fouet.

Ils burent posément. Puis, regardant son camarade en face, Ralph dit avec solennité :

— Art, je sais.

Aussi maître que fût Beckett de lui-même et quelle que fût la lenteur naturelle de ses réflexes, il crispa ses poings sur ses genoux : Ralph dirigeait à Cork le service des renseignements.

La voix de Beckett sonna rauque lorsqu'il demanda :

— Vous savez ? Quoi ?

Un sourire satisfait tordit les lèvres minces de Ralph.

— Ça n'a pas été sans peine, dit-il, ni danger.

Les mâchoires de Beckett se desserrèrent ; il ne pouvait s'agir de Mary.

— C'est important ? dit-il.

Comme pour mesurer son effet, Ralph avala une longue gorgée d'alcool et, très lentement :

— J'ai appris où se réunissent demain les rebelles du comté.

De l'autre côté de la cloison, Mary abandonna soudain l'enfant qu'elle aidait à se dévêtir. Les phrases prononcées dans la pièce voisine arrivaient à ses oreilles aussi distinctes que si l'on avait parlé près d'elle. Mais ce qu'elle venait d'entendre l'attira invinciblement vers la porte. Collée au bois mince, elle écouta.

Gerald, comprenant la valeur du silence, retenait son haleine et suivait sa mère d'un regard exalté. Tout ce qu'elle faisait ne pouvait qu'être héroïque.

— Oui, continua Ralph avec force. Enfin je suis sûr.

Beckett ne put retenir un regard vers la porte qui menait à la chambre de son fils. A sa peur de voir découvrir Mary une autre succédait. Sa femme — et pourtant l'ennemie — était là qui allait tout apprendre. Mais comment prévenir la découverte d'un si grave secret ? Comment parer à cette trahison ? Il avait affirmé à son camarade qu'il n'y avait personne dans le logis. A se contredire, il éveillerait une méfiance dont il connaissait trop la redoutable pénétration. Alors ? Livrer Mary ?

Un faible espoir lui vint.

— Il vaudrait mieux parler ailleurs, dit-il, Gerald pourrait nous entendre.

Ralph haussa les épaules.

— Vous êtes trop prudent, mon cher Art. Je connais le métier mieux que vous. Votre garçon pourra bavarder tant qu'il voudra demain. Il sera trop tard.

Puis, d'un ton de chef :

— Maintenant, écoutez les ordres. Le régiment Mulbell est alerté. Il se mettra en marche à l'aube. Mais il n'a pas le dispositif de la concentration des républicains. Je n'ai pu l'obtenir qu'à l'instant. Vous attendrez le colonel à Killarney avec le plan que voici. Une automobile viendra vous prendre à quatre heures devant l'hôtel de ville.

— Je veux écrire ! vite ! avait murmuré Mary et si bas que l'enfant devina son désir plus au geste qu'à la parole.

Il tira fébrilement de son sac d'écolier une feuille, un crayon. Sa mère les saisit et, sans un froissement, avec une précision d'appareil enregistreur, traça les mots qui lui parvenaient clairement et bourdonnaient dans sa tête comme une volée de cloches.

Quand elle entendit son mari répondre avec fermeté : « Ce sera fait, Ralph », elle glissa le papier dans une de ses manches et remit en place le sac de Gerald après l'avoir soigneusement refermé.

Le visage tourné vers la porte, elle attendit.

Beckett parut bientôt sur le seuil. On eût pu croire, à voir son masque figé, qu'il sortait d'un terrible rêve. Il s'appuya au mur, passa le revers de sa main sur ses lèvres sèches. Enfin, d'un rude effort, il releva la tête.

— Mary, dit-il, vous ne pouvez plus partir.

Elle voulut se révolter :

— Art, je dois...

Mais sa voix se brisa net; elle n'avait plus
l'assurance qui la soutenait à l'ordinaire, car elle
savait cette fois que Beckett avait raison. Il
répéta :

— Mary, vous ne partirez pas. Me feriez-vous
le serment le plus sacré de ne rien dire, que je ne
vous croirais pas.

Il s'arrêta. Un vague sourire éclaira ses traits
durcis et nul n'aurait pu définir ce qu'il celait. Ce
sourire jouait encore sur son visage lorsqu'il
reprit :

— Pourtant, vous savez bien que si l'on
apprend la chose, je suis un homme mort. Il y a
beaucoup de fourrés sur la route de Killarney et
les républicains tirent juste.

Il se tut de nouveau, puis, à voix très basse :

— Et si je vous laisse libre, vous parlerez tout
de même ? N'est-ce pas, Mary ?

Elle ne répondit rien, ne bougea pas, mais ses
paupières soudain baissées restèrent longtemps
closes. Beckett ne put deviner ce qui se déroulait
derrière leur cloison fragile. Et pourtant, en cette
minute, rien ne lui importait plus, ni sa mission,
ni la lutte des deux partis, ni sa propre existence,
rien, sinon de savoir de quel côté penchait la
balance où Mary, les yeux fermés, pesait son
devoir et son amour.

Il eut même la tentation insensée de la laisser
partir pour que cessât l'abominable incertitude,
mais son regard croisa celui de Gerald dont il

avait oublié la présence dans le tumulte de ses sentiments. Il y lut une telle angoisse que tout le reste disparut. Il fallait dérober à l'enfant la suite de ce débat où le meurtre couvait sourdement.

— Sortons, Mary, dit-il. Allons dehors. Nous le devons.

Il sourit de nouveau d'un indéchiffrable sourire, ajoutant :

— Et je ne quitterai pas votre bras.

Seulement alors elle ouvrit les yeux. Leur éclat était insoutenable. Elle scruta profondément les traits de Beckett, comme saisie d'une épouvante étonnée à découvrir en eux le destin.

— Allons, dit-elle.

Quand ils furent dans l'antichambre, elle s'écria brusquement :

— Tout cela m'a fait oublier d'embrasser l'enfant. Une seconde.

Elle courut vers Gerald, glissa dans sa main le papier où elle avait inscrit la conversation surprise et murmura, hachant les mots, impérieuse :

— Au bar de la Lee, sur le quai du City Hall ! Vous remettrez ceci à Jimmy, le garçon, et vous serez couché avant notre retour.

Elle se pencha vers Gerald, vit sur son visage une soumission passionnée et, sans prendre le temps de l'embrasser, revint vers Art.

Dans la balance, la vie de Beckett avait été la plus légère.

III

Art serrait sa femme contre lui. Il mettait dans cette étreinte toute sa force et toute sa tendresse, la tenant à la fois comme une amante et comme une prisonnière. Leur promenade puisait dans ce geste un goût de sensuelle et triste volupté.

La pluie ne tombait plus. Parfois, du haut d'un toit, une goutte gonflée comme une baie mûre s'écrasait sur le sol. Alors ils tressaillaient tous deux, tirés de leur rêverie. Beckett songeait au sort étrange qui faisait de Mary sa compagne forcée jusqu'au matin, à l'inexpiable discorde irlandaise qui les rendait, quoique mêlés l'un à l'autre, plus divisés que des étrangers.

Une lassitude sans borne terrassait Mary. Ses jambes avançaient avec peine et d'un élan mécanique. Sans le bras qui la supportait, elle se fût affaissée, molle, contre une porte. Aucune pensée ne la visitait. Tout était révolu. Elle n'avait plus besoin de vouloir, de lutter. Son mouvement

suprême avait mis en marche un ordre inexorable, dont elle n'était plus maîtresse. Que les
événements s'accomplissent! Désormais en
dehors, elle n'avait plus qu'à se soumettre à la
clémence de Dieu. Mais, trop fatiguée même pour
ébaucher une prière, elle se renversait de plus en
plus contre Beckett.

Maintenant, il la portait presque, et il semblait
à Mary que ce n'était pas une poitrine humaine
qui la soutenait, mais un élément inanimé, une
sorte de mur mobile qui la poussait sans qu'elle
sût où ni pourquoi. A un carrefour elle trébucha.
Beckett sentit la faiblesse de ce corps dont il
n'avait perçu jusqu'à cet instant et avec un
plaisir trouble que la tiédeur et la forme.

— Vous êtes épuisée, dit-il. Rentrons.

Elle allait accepter, tellement la pensée du
repos lui était douce, mais se raidit soudain.
Gerald n'était certainement pas revenu encore. Il
se pouvait même qu'il ne fût pas parti. Avec
terreur, elle vit la nécessité d'un nouvel effort.
Comparé aux précédents il était négligeable,
mais il apparaissait surhumain à son énergie
détendue.

— Eh bien! chérie? demanda Beckett.

— Oh! non, Art! supplia-t-elle. Marchons
encore. L'air me fait du bien et je voudrais tant
aller jusqu'à l'University Park avec vous.

Il l'enveloppa plus étroitement et pressa le pas.
Bientôt ils furent hors de la ville. La lune, par

instants, insinuait son arc parmi les nuages. Sur les bords de la route surgissaient alors des masures et des arbres dépouillés, puis, tout s'évanouissait dans une obscurité que jalonnaient de loin en loin, comme une chaîne inégale de fanaux, les vitres illuminées des débits de boisson.

Il faisait froid, il faisait triste. Mais Art et Mary ne remarquaient rien. Les mouvements cadencés de cette chair précieuse entre toutes et si proche de la sienne suffisaient à engourdir Beckett. Pour Mary, tirée de sa torpeur, une obsession naissait qui s'étendait rapidement comme une brûlure et l'absorbait toute.

Elle voyait se lever l'aurore ; une automobile grondait devant l'hôtel de ville ; Beckett y montait, serrant dans la poche de sa vareuse le plan remis par Ralph. Ensuite, c'était la route de Killarney, avec ses collines bleues, ses champs rouge et mauve, ses bosquets. Plus loin, la pensée de Mary ne s'aventurait pas. Il semblait qu'un pouvoir tyrannique l'empêchât de franchir la dernière étape de cette vision. Elle savait que la voiture ne dépasserait pas le tournant d'où l'on aperçoit l'azur glacé des étangs de Killarney. Mais pourquoi ?

Aussitôt arrivées à ce point, les images se brouillaient, livides, et il fallait reprendre toute leur marche : l'aube, le départ, la route, — pour buter de nouveau contre un obstacle insurmonta-

ble comme il ne s'en trouve que dans les cauche-
mars.

Ce travail monotone, épuisant, enlevait à Mary
tout contrôle de ses sens. Elle ne remarqua pas
qu'ils avaient traversé une passerelle et que de
l'autre côté de la rivière un vaste silence les avait
accueillis.

— Nous sommes arrivés, dit Beckett.

Il avait parlé très doucement pour ne pas
troubler le charme du parc immense. La lune, qui
avait glissé hors des nuages, voguait dans un
espace laiteux. Les allées, comme des fleuves,
dessinaient des courbes sans fin et pleines
d'ombre. Un faible vent remuait des chansons
dans les vieux chênes ; les gouttelettes secouées y
mêlaient leurs liquides grelots. Au sommet du
parc, on voyait le profil gothique du toit de
l'Université et les cygnes qui naviguaient sur la
rivière levaient de temps en temps leurs cols vers
le ciel. Un bucolique sortilège enchantait cette
solitude.

Écartés légèrement l'un de l'autre, Beckett et
Mary se regardaient.

— Vous rappelez-vous ? dit-il enfin.

Elle inclina la tête. Les heures de cette soirée
avaient rompu la digue de foi guerrière qu'elle
opposait à tous ses sentiments et, par la brèche
large ouverte, les souvenirs se précipitaient dans
son âme désarmée. Et ce parc en contenait tant !
C'était là que chaque soir elle rejoignait Art

lorsqu'ils étaient fiancés. Certes, elle savait alors que les filles riaient de ce grand garçon maladroit, lent de paroles, vilainement roux et la figure toute grêlée. Mais de quelle beauté avait-elle à se targuer elle-même ? Et puis, il l'entourait d'un si touchant souci. Il abandonnait si joyeux et si craintif à la fois le bureau de poste où il travaillait pour la retrouver. Ils poussaient tard dans la nuit leurs promenades. Parfois des étudiants les croisaient et les plaisantaient sans malice. Ils parlaient peu, n'étant prolixes ni l'un ni l'autre et d'accord sur tout. Déjà elle sentait son pouvoir sur Art, mais n'avait pas à en user, puisqu'il guettait anxieusement tous ses désirs.

Comme la vie se montrait alors facile et clémente ! Que Beckett avait toujours été patient, droit, fidèle ! Quelle ingénue fierté il montrait d'elle et de ses cheveux blonds et de son cou fragile ! De quelle tendresse il avait chéri leur fils !

Gerald !

Elle crut avoir crié ce nom, mais ses lèvres avaient remué à peine. Elle vit soudain, comme sous ses yeux, l'enfant. Il courait le long des quais obscurs ; sa main tenait une feuille qu'elle avait couverte de son écriture. Cette feuille, cette condamnation...

Alors, par un étrange enchaînement, cette vision se fondit avec l'autre, celle qui n'avait pu se dérouler jusqu'au bout, et l'acheva : l'aube, l'automobile, la route, et la mort de Beckett. Car il ne se rendrait pas, elle ne le savait que trop.

Mary jeta autour d'elle un regard égaré comme pour demander secours. Mais il n'y avait que le bruissement des arbres, le jeu tranquille des cygnes dans l'eau de tout son passé qui se levait des pelouses désertes.

— Marchons, Art, dit-elle en frissonnant. J'ai peur.

Il eut un rire incrédule.

— Peur ? Vous ! Mary ? Il faut que vous ayez bien souffert aujourd'hui.

Avec bonté il posa sa main sur le front brûlant. Et cette caresse fit trembler Mary au plus secret d'elle-même. Jamais son corps peu exigeant n'avait subi fièvre si profonde, jamais elle n'avait senti avec cette puissance trouble combien Art lui était cher. En cet instant, elle aima Beckett comme jamais elle ne l'avait fait, fiancée ou femme. Brisée et soumise et n'osant lever les yeux, elle écoutait murmurer en elle une onde chaude, une admirable ferveur. Et cet homme, au matin, tomberait, frappé par elle...

— Marchons, Art, balbutia Mary ; par le Sauveur, marchons.

Il voulut lui reprendre le bras. Comme saisie de panique, elle se jeta de côté. Ils cheminèrent très vite, muets, mais Mary avait beau fuir son remords, elle sentait qu'il était là, pressant, et qui allait la vaincre.

Un choc l'arrêta. Comme ils venaient de franchir la grille qui ouvre sur la campagne, un bâtiment massif se dressait devant eux. La prison. Elle l'avait vue mille fois, mais ce soir, la geôle, plus grande, plus sombre, semblait avancer sur elle.

Art se tenait le front baissé et la même image passait dans leur mémoire.

Une nuit d'automne pareille à celle-ci. A Londres agonisait Terence Mac Swiney, le lord-maire. A Cork, onze jeunes hommes se laissaient mourir. De la cité, des faubourgs et des collines, un peuple venait prier pour eux. Serré entre les rampes du pont moussu et sur l'étroit terre-plein, il regardait, tête nue, le carré de grillage qui, sur les portes de fer, posait une plaque ardente. Un silence planait, plus profond de fermer mille bouches. Soudain une voix pathétique. Couvert d'une bure que la torche brandie changeait en robe de soufre, un franciscain entamait la messe des morts. La foule se signait à genoux dans la boue. D'un seul élan, elle participait aux répons, vagues profondes et sourdes qui se fondaient en un chœur immense. Sur le seuil fatal, casqués, farouches, les soldats anglais écoutaient cette rumeur.

Que de fois, tandis qu'Art se battait, Mary s'était mêlée au peuple fervent et s'était relevée plus tranquille et plus pure ! Quelle force et quelle certitude inébranlables l'accompagnaient lorsqu'elle reprenait avec la foule silencieuse le chemin de la ville !

Un conseil inflexible venait de ces murailles massives, de ce décor romantique, fait de nuées, de vieux arbres et de clair de lune. Mary, comme autrefois, en sentit l'inexorable rigueur. Il était juste, il était saint que Beckett mourût. L'âme des martyrs irlandais parlait contre lui.

Elle s'agenouilla.

Art ne troubla pas ce recueillement. Devinait-il que, du cœur le plus soumis et le plus paisible, elle priait pour lui qui bientôt allait quitter cette terre sans confession ni hostie ? Il n'aurait su le dire lui-même, mais il était plein d'une lassitude aussi vaste que le ciel.

Mary se redressa. Une tendresse poignante la poussa vers Beckett, une pitié plus qu'humaine, comme celle dont on berce les agonies. Elle prit entre ses paumes le dur et bon visage, le regarda longuement. Puis, d'un accent que Beckett ne lui avait jamais entendu, féminin, chargé de langueur et de plainte douce, elle dit :

— Art, ce soir je vous aime pour la première fois.

Mais il accueillit cette voix avec indifférence, comme si rien, désormais, ne le pouvait émouvoir.

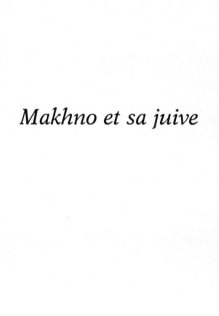

Makhno et sa juive

Un ami qui entend le russe et que je connais bien venait de descendre un escalier étroit, au bas duquel deux Arabes l'avaient honoré d'un salut oriental comme on en voit dans les mauvais théâtres.

Les feux de Montmartre brûlaient encore, mais déjà délogés par l'approche du matin. Les chauffeurs dormaient devant les boîtes de nuit. A leurs cols relevés jusqu'aux sourcils, on voyait qu'il faisait très froid.

Les usines à plaisirs travaillaient sans relâche. Il en sortait des bouffées de musique et des filles peintes.

L'heure de la fatigue vaine, des rixes, de l'amour machinal, sonnait dans les rues où le jour faux et le vrai luttaient sournoisement.

Entre deux façades étincelantes, gardées par des cosaques bleus, un petit café portait le nom de *Sans-Souci*. Cette enseigne plut à mon ami.

Elle prolongeait pour lui les charmes d'une nuit coûteuse de mille manières, retardait l'arrivée de la conscience.

Il entra donc au *Sans-Souci*.

La chaleur de la salle lui fut agréable. Mais la fumée était si dense qu'il dut fermer une minute ses yeux gonflés d'insomnie et de vin. Cela lui permit de passer sans étonnement dans un monde singulier.

Sur les banquettes de moleskine et devant les tables de marbre qui font partie du décor de la France, se trouvaient réunis tous les types de races que comprend la vaste Russie. En smoking, en tcherkesski, en haillons, ils étaient là comme dans un musée d'ethnologie.

Les uns, qui avaient fini leur travail nocturne, serraient contre eux des instruments. D'autres, enseignes vivantes aux portes des restaurants, venaient réchauffer d'un coup d'alcool leurs géantes poitrines. Un Caucasien, à face d'aigle, agitait un tambourin et battait la mesure de sa jambe de bois. Des femmes usées montraient d'immenses yeux sous les châles tziganes et regardaient tristement devant elles. Puis elles se mettaient à rire ou à chanter, devenant tout à coup et belles et puériles.

Un grand cosaque roux, au comptoir, tenait absolument à boire avec le garçon. Sa bouche de jeune bête était dilatée d'un sentiment fraternel, mais ses prunelles troubles surveillaient les visages pour y découvrir un prétexte à querelle.

Il répétait :

— Je suis un djiguite.

Il était souple, fauve. Et parce que l'ivresse tendait sa gorge, que la mort, plus d'une fois, avait dû se servir de son poing, que les femmes aimaient ses tendres yeux et sa langue rouge, il se sentait, ce matin-là, le maître du monde.

Mon ami s'assit dans un coin, demanda à manger et de l'alcool encore. Mais il oublia la nourriture et la boisson, car il s'enivrait plus à chercher sur les visages les désirs qu'il ne connaissait point.

Il rêvait ainsi, hors de lui-même ; le jour venait, bleu et blême.

Une voix, qu'il avait l'habitude d'entendre souvent à cette même heure, lui proposa :

— Votre journal, barine.

L'accent était obséquieux, il l'était même trop, comme pour prévenir d'avance celui qui aurait pu croire à une vraie servilité.

D'une chemise sans col sortait un visage flétri, famélique, ardent. De l'inquiétude et du mépris dans le regard, de la rage dans les doigts, tous les appétits sur les lèvres.

Les journaux que tenait le camelot lui tachaient les mains de leur encre encore toute fraîche. Sans attendre d'invitation, il les posa sur la table et vint s'asseoir auprès de mon ami.

Ce dernier, pour s'être montré souvent affable et compatissant avec cet homme, en était devenu le prisonnier. Comme il était faible, il n'avait plus le courage de secouer l'empire de cette silhouette chétive dont les yeux brûlaient et les mains tremblaient.

D'ailleurs, l'étrange camelot tenait peu de place, si peu qu'on s'apercevait à peine de sa présence. Ce voisinage inconsistant donnait du malaise. Pour s'en défaire rapidement, mon ami commanda le breuvage que son compagnon préférait : de la bière mêlée d'eau-de-vie et assaisonnée de sel et de poivre.

Puis, côte à côte, ils se turent.

De nouveaux personnages entraient sans cesse : danseurs d'établissements de nuit, musiciens nègres, pickpockets, souteneurs élégants.

— Brillante société, dit le camelot avec un petit rire grêle.

Son interlocuteur ne répondant pas, il s'écria soudain :

— Comme je les hais tous.

Étonné, mon ami se retourna vers lui.

— Ces malheureux ? demanda-t-il.

— Il n'est pas de plus méprisables malheureux que ceux qui se résignent à leur malheur.

Et l'homme crispa si fort ses doigts que les maigres phalanges craquèrent.

Mon ami le regarda avec une attention toute neuve. A l'ordinaire, il lui faisait cadeau d'une pièce de monnaie et de quelques paroles aimables. Le camelot les acceptait avec une plaisanterie facile et s'en allait. Mon ami ne savait rien de son origine, ni de son éducation, ni de sa vie. Il sentait confusément que son existence n'avait pas été sans heurts, qu'il n'était pas sans culture. Mais qui, parmi les Russes réfugiés à Paris, n'avait pas une histoire capable de faire un roman ?

Mon ami a le goût des confidences et le don de les provoquer. Il en a tellement entendu de si diverses, qu'il sait l'heure où une petite question les fait jaillir nues. Il comprit que cette heure avait sonné, ce matin-là, pour le camelot. Il le prit par l'épaule, et dit :

— Vous n'êtes pas de ces résignés, j'en suis sûr.

L'autre fixa sur lui ses yeux de fièvre et se mit à rire de son rire grêle, cruel.

— Vous voulez des histoires, hein ? dit-il. Ça vous amuse encore. Hé bien ! je vais vous en raconter une belle.

Il se pencha vers mon ami et tout bas :

— Je vous dirai la vie de batko[1] Makhno.

Il avait mis tant d'ardeur et de mystère dans sa voix que mon ami recula légèrement. De nouveau retentit le rire grêle.

---

1. Petit père en idiome ukrainien.

— Non, n'ayez pas peur, dit le camelot. Ce n'est pas moi, mais ç'aurait pu l'être, car il en a fait bien d'autres. Non, moi, je suis simplement, pour vous servir, un de ses lieutenants.

Il se leva, reprit son paquet de journaux, disant :

— Allons ailleurs. On comprend trop le russe ici.

Ils sortirent, mais avant que son ami ait eu le temps de choisir une direction, le camelot s'écria :

— Il vaudra mieux que j'aie un témoin, sinon vous ne me croiriez pas.

Il porta deux doigts à sa bouche et, dans la rue Pigalle, où passaient les premiers autobus, retentit un sifflement aigu, un sifflement de la steppe, un appel de bandit qui fait cabrer les chevaux sur la grande route.

La porte du café s'ouvrit et l'on vit apparaître le cosaque roux, la main à son poignard.

— Ne plaisante pas de la sorte, dit-il au camelot. Ça me rend le sang trop chaud.

— J'ai besoin de toi, Stiopa. Viens.

— Il y aura à boire ?

— A ta mesure.

Le cosaque se joignit aux deux hommes. Ils entrèrent dans un restaurant russe qui venait de s'ouvrir.

Il y faisait sombre, mais il n'y avait personne.

— Je meurs de faim, dit le camelot en consultant la carte. Donnez-moi tous les plats à la suite.

Il se mit à manger. Ses bouchées étaient voraces. La déglutition bruyante. La nourriture disparaissait avec une rapidité de cauchemar et le serveur avait peine à gagner de vitesse cette avidité.

Le cosaque fumait devant un cruchon de vodka. Sa voix sourde interrompit le silence :

— Un appétit de salaud, fit-il lentement.

Il y avait dans toute sa façon d'être avec le camelot un étrange alliage de répulsion, de respect et de crainte. On l'eût dit fasciné par une bête qu'il aurait aimé écraser de son poing.

— Un appétit de salaud, reprit-il. Tout ce qu'il mange ne lui profite pas. Ce n'est pas pour rien qu'on l'appelait la Belette.

Il se tut, massif, lointain. Le camelot lui jeta une boulette de pain noir au visage.

— Stiopa, Stiopa, s'écria-t-il, te souviens-tu du coup de pied dans le ventre ? C'était un bon coup de pied, hé, hé ! et qui venait à point. Il y avait plus d'intelligence dans ce coup de pied-là que dans tous mes articles.

Se tournant vers mon ami, il continua :

— J'ai été journaliste, parfaitement, comme vous, et avec plus de talent peut-être que vous. Ça vous étonne que je sache votre métier ? Non ? Tant mieux ! car je ne vous aurais pas dit comme je l'ai appris. Ça vous est égal ? Et sur *batko* Makhno, ça vous est égal aussi que je me taise, hein ? Vous ne répondez pas ? Alors vous vous imaginez que pour un pauvre repas je m'en vais vous dévider toute ma vie, que vous allez en faire une histoire mal écrite ?

— Laissez-le grincer, dit le cosaque, en haussant les épaules. Il ne mange pas son content tous les jours. Alors la nourriture le saoule plus que le vin. Quant à vous raconter l'histoire, il vous la racontera, soyez tranquille. Il vous tuerait plutôt.

Fatigué par un si long discours il avala un grand verre de vodka, se renversa contre le mur, les yeux clos.

— Cette brute a raison, grommela le camelot. Je vous... je vous déteste, vous m'entendez, je vous déteste, comme tous. Mais il faut que je vous raconte. Des choses comme j'en ai vues, si de temps en temps on ne les sort pas, elles vous mènent à l'échafaud. Allons-y.

Il plongea son visage dans ses mains éternellement frémissantes, ne laissant à découvert que sa barbiche noire. Ainsi, seul au monde avec ses souvenirs, il commença.

— De son prénom il s'appelle Nestor et par son père Ivanovitch. Cela sonne assez étrangement, vous ne trouvez pas ?

« Nestor Ivanovitch.

« Ce nom, qui date de la guerre de Troie, accouplé à l'autre, russe entre tous. Ajoutez-lui Makhno et voyez le résultat.

« Nestor Ivanovitch Makhno.

« Il y a un triple destin dans ces syllabes : la ruse, l'insouciance et la férocité. Vous pensez que j'exagère, que c'est de la prophétie après coup. Possible.

« Mais tout de même répétez plusieurs fois ce nom : Nestor Ivanovitch Makhno, et que je sois condamné à vendre des journaux toute mon existence si vous ne sentez pas qu'avec un nom pareil, on ne meurt pas dans son lit. Au fond, il y mourra peut-être, le chien, et alors je le vomirai. Mais, en attendant, je le salue.

« Il est né voilà quelque quarante ans au village de Champ-la-Noce. Et ce nom-là, hein ? qu'en dites-vous ? Champ-la-Noce ! Champ de Noce ! Mais c'est un nom ivre, furieux. Il est

marqué l'endroit qui s'appelle ainsi. D'y naître,
d'y grandir, ça compte ! »

— Champ-la-Noce ! dit soudain le cosaque
en s'étirant comme une bête. Ah ! Champ-la-
Noce...

Et il retomba dans sa torpeur.

Le camelot poussa mon ami du coude et
murmura avec une bizarre tendresse :

— Vous l'avez vu ? Et c'est une sacrée brute,
pourtant. Il y en avait de pires, avec l'ataman,
mais ils l'aimaient tous. Et ils aimaient son
village. Ah ! Dieu vivant, quelles fêtes nous
avons eues là !

« Attention, attention, je vais m'exalter, et
vous n'y comprendrez rien, car à vous autres,
gens raisonnables, il faut de la composition —
et dans la vie et dans les récits. »

— Allons, allons, Belette de malheur, dit le
cosaque, tu recommences à bafouiller. On ne
comprend rien à ce que tu dis.

— Tu as raison, répondit le camelot avec un
sourire aigu. Un bon coup de pied vaut mieux.
Un bon coup de pied dans le ventre, n'est-ce
pas, Stiopa ?

Mon ami, bien qu'il se fût juré de ne pas
interrompre, demanda :

— Qu'est-ce que c'est que ce coup de pied ?

— Vous verrez, tout viendra en son temps.
Reprenons la biographie de Nestor Ivanovitch...

« Son père était un paysan sans terre, très pauvre, qui achetait du bétail pour le compte des bouchers de Marioupol.

« Jusqu'à l'âge de onze ans, notre ataman aida son père au dépeçage des cochons. Il m'a dit que l'odeur du sang de cochon n'était pas la même que de celui de l'homme.

« Hé, hé ! tant mieux pour nous.

« Mais sa famille avait pour lui de hautes ambitions et le plaça dans un magasin de Marioupol.

« Dès les premiers jours, il fallut déchanter. Le garçon ne mordait pas au comptoir.

« Quand nous avons pris Marioupol, j'ai vu un vieil employé qui l'avait eu comme sous-ordre.

« — Ah ! non, disait-il, ce n'était pas un bon commis. Un vrai animal méfiant, toujours taciturne, fermé au cadenas, il plantait sur tous avec méchanceté ses yeux trop brillants. En trois mois, j'ai cassé sur son dos et sa tête quarante archines de bois. Ça ne servait à rien.

« Je comprends que ça ne servait à rien. Marioupol est une ville de mer. Il y a le port, il y a les vagues, il y a des petits voyous qui errent tout le jour par les rues, en guenilles, mais libres. Notre garçon était avec eux.

« On le battait, il se vengeait.

« Que de boutons il coupa en cachette aux commis ! Et l'huile de ricin qu'il mélangeait au thé du patron ! Mais tout cela n'était rien.

« Un jour que le vieil employé le frappa au visage, il l'aspergea d'eau bouillante si bien qu'on dut emporter le vieux sans connaissance à l'hôpital.

« Pour le punir, la femme du patron voulut lui tirer les oreilles. Il lui planta dans la main des crocs de jeune chien, le sang coula et il fallut plusieurs hommes pour arracher à Makhno sa première victime. »

— Le diable promettait, fit paresseusement le cosaque.

— Il a tenu, il a tenu ! s'écria le camelot avec fièvre, mais ne m'interromps pas, Stiopa, tu me donnes envie d'aller trop vite, et, si je vais trop vite, monsieur l'Européen ne saisirait pas.

« Le père Makhno fut appelé au magasin. On lui remit son fils qui, naturellement, fut roué de coups. Après quoi on le plaça dans un atelier d'imprimerie, et là, il y eut un miracle.

« Le gamin oublia tout au monde. Finies les parties avec les voyous, finies les vadrouilles au bord de la mer. Makhno passe tout son temps à l'imprimerie, apprend les lettres, apprend à les assembler. Il veut savoir lire et composer.

« Les vieux ouvriers sont stupéfaits de son adresse, de sa vivacité. On l'encourage. Cela rend mieux que les coups. Il devient rapidement un bon ouvrier. Il travaille comme un cheval à s'instruire.

« L'anarchiste Voline — mon camarade —

employé à la même imprimerie, s'intéresse au garçon, dirige ses études, lui fait passer le cours des lycées.

« Voline arrêté, c'est un autre révolutionnaire qui s'occupe de Makhno. Sur ses conseils, celui-ci passe l'examen d'instituteur et le voilà nommé, en 1903, aux environs de Marioupol.

« Mais cela ne dura pas. Makhno fit de la propagande anarchiste parmi les paysans. Les autorités n'apprécièrent guère ce genre de professorat. Makhno fut destitué et placé sous surveillance policière à Champ-la-Noce.

« A partir de ce moment tout commence.

« Champ-la-Noce et Nestor Ivanovitch Makhno ne peuvent se retrouver ensemble sans qu'il y ait de l'amusement. En quelques semaines, Nestor Ivanovitch sut gagner à lui tous les gens du pays.

« Comment s'y prit-il ? demanderez-vous.

« Ça, mon cher monsieur, vous ne pourrez jamais le savoir. Il faut sentir ces sortes de choses.

« Pourquoi un homme, moins fort, moins beau, moins riche, moins éloquent qu'une foule d'autres, pourquoi cet homme domine-t-il ? Est-ce une certaine étincelle dans les yeux ? Est-ce les narines qui se gonflent dans la colère, et qui font peur ? Est-ce le son de la voix ? Ou les mains trop sèches ? Ou la bouche dont on redoute le sourire ? Décidez.

« Moi, j'ai connu Lénine et j'ai connu Makhno.

Ce ne sont pas les mêmes hommes, hein ? Eh bien, ils se ressemblent par le génie de fanatiser ! Oh ! moi, ils ne me roulaient point. Je perçais leurs trucs tout de suite, mais j'aime ces gens-là. »

Il donna un coup de poing sur la table.

Le cosaque, de dégoût, cracha dans un coin.

— Regardez-le, dit-il à mon ami, le voilà qui s'excite. Il en est tout suant.

— Non, je ne les aime pas, cria le camelot qui n'avait pas entendu l'interruption, je les hais. Qu'ils crèvent !

« Pourquoi n'ai-je pas, moi, ce don-là ?

« Je les hais, mais dites-moi le moyen de ne pas s'intéresser à cet instituteur révoqué, sans argent, sans armes, malingre, qui devient sans qu'on sache pourquoi le maître de son village.

« — J'ai ordonné qu'on exécute ! dit-il, les yeux étincelants.

« Et l'on exécute. On le suit, à tous risques, dans ses premières expéditions.

« Oh ! elles sont bien inoffensives encore ! Mais ça commence, ça commence.

« On entre de nuit, et par effraction, dans les caves des paysans riches, des propriétaires, on emporte les caisses, on invite les filles. Des fêtes sans frein se donnent au clair de lune.

« Champ-la-Noce, Champ-la-Noce !

« Les vieux hochaient la tête et disaient

dans leurs moustaches qu'il fallait mettre fin à ce désordre. Que cela finirait mal.

« Mais comment arrêter Makhno et sa jeune bande ! Leur gloire s'était déjà transmise à d'autres villages et des gaillards robustes venaient se joindre à eux. Les propriétaires avaient peur de ces enragés.

« N'oubliez pas que les temps troubles de 1905 n'étaient pas loin.

« Ils vinrent... Le tocsin de la liberté sonna.

« Une houle puissante fut sur le pays. Dans sa poitrine creuse Makhno sentit résonner tous les appels. La liberté, il savait ce que c'était, lui, par tout notre sang !

« L'instituteur, en janvier, avec quelques hommes, attaqua la trésorerie de Berdiansk.

« Dieu vivant, je regrette de ne pas avoir vu ce premier exploit. Trois hommes descendus par la main de Makhno, la caisse emportée, la fuite...

« L'Ukraine à feu et à sang, les villes capturées, le *batko* roi et terreur, le fugitif de la Futaie Noire : tout ce qui devait arriver est déjà là-dedans.

« Mais un complice vendit le chef, Makhno fut pris, emprisonné, jugé, envoyé aux travaux forcés perpétuels pour banditisme et meurtre.

« Banditisme et meurtre ! » Les belles paroles ! Les honnêtes gens ! Cela n'a pas empêché le baron Wrangel de mendier l'alliance de ce condamné-là.

« Oh ! sans doute, c'était quelques années plus tard et les temps n'étaient plus les mêmes. Messieurs les honnêtes gens avaient besoin du banditisme et du meurtre pour les protéger. Seulement ils avaient oublié que leur nouvel ami avait fait, grâce à eux, dix ans de bagne, oui, dix ans de bagne en Sibérie.

« Ça marque un homme, un bail pareil, surtout un homme comme Makhno.

« Les gardes-chiourme ne l'avaient d'ailleurs pas eu facilement. Cinq fois, il essaya de s'échapper. Cinq fois, il fut puni par la cellule et la cravache. Une dernière tentative faillit réussir. Il était déjà hors de prison quand la poursuite le retrouva dans un hangar. Il avait une hache. Il y eut quelques dégâts, mais les autres furent les plus forts. »

Le cosaque, sans rien dire, crispa si durement les mâchoires que ses dents grincèrent faiblement. Cela fit faire une grimace nerveuse à son compagnon, mais qui, aussitôt, s'effaça dans un ricanement complice.

— Ça t'intéresse, tout ça, s'écria-t-il. Tu aurais voulu être dans ce hangar, hein, Stiopa, avec ton mauser, ton couteau et deux ou trois camarades ? On ne l'aurait pas pris en s'amusant le *batko*, hein ?

« Ne regrette rien, sauvage. Ça ne lui a pas fait de mal à l'ataman, ces années-là, je t'assure. Elles lui ont appris à réfléchir et à détester.

« Avant, il pensait à la fête seulement ; il avait tué, mais pour de l'argent.

« Au bagne, il a eu envie de tuer pour tuer.

« Crois-tu qu'il avait les mêmes yeux en sortant qu'en y entrant ? Non, hein ? Toute l'affaire est là.

« Après sa tentative vaine, il est resté enchaîné des mois et des mois dans le même cachot. Il ne disait rien, il fondait chaque jour. Passif et morne, seul, son regard vivait, mais de quelle vie, Dieu vivant, et les autres bagnards, qui étaient passés à travers l'eau et le feu, avaient si peur de ce regard qu'ils soignaient Makhno comme leur enfant.

« J'ai connu un de ses camarades de cachot, tu te rappelles, Stiopa, l'ataman Tchaly. Un fier couteau, n'est-ce pas ? Eh bien, Tchaly me disait que ni lui ni les autres ne pouvaient supporter sans frisson de voir Makhno dans un coin sombre qui, avec une ténacité de maniaque, frottait les uns contre les autres, comme pour les user, les fers de ses pieds et de ses mains.

« On eût dit une bête sinistre et bruissante.

« Il frotta ainsi jusqu'en 1917. C'est alors que se produisit le grand lâcher des fauves, que l'amnistie générale libéra Makhno et, qu'en automne, il revint chez lui, à Champ-la-Noce. »

Le camelot s'arrêta plusieurs instants. Les mains serrées à ses tempes creuses, il semblait réunir ses forces les plus vives, les plus secrètes. Une souffrance dure lui brisait les lèvres ; ses joues ravagées tremblaient.

— Raté je suis, murmura-t-il, ayant visiblement oublié qu'on l'écoutait, raté de l'aventure.

« Une minute pareille à celle qu'a eue alors Makhno et qu'on me déchire avec des tenailles pour le restant de mes jours.

« Ce retour, ah ! ce retour chez lui, après dix ans de bagne à frotter les fers des pieds contre les fers des mains. Et Champ-la-Noce ! Et ses gars qui l'accueillent ! Et toute la Russie qui fermente ! Et sa haine pour tout, la vengeance qui s'offre, la joie mêlée de rage, les filles aux riches croupes, le sang, le sang !

« Moi aussi j'ai eu cela, mais en sous-ordre, en petit, sans vraie raison de haïr, sans vrai désir de meurtre. Et puis la peur, le cabotinage et la littérature. Quelle ignominie je fais ! »

De phrase en phrase, sa voix montait avec des glapissements pareils à ceux d'un chien que l'on frappe. Ces notes suraiguës lui rendirent soudain la conscience de lui-même.

Il promena sur la salle vide un regard en détresse, mais dès que ce regard se fut posé sur mon ami, il se transforma. Une cruauté sans frein fut en lui, une soif de revanche atroce pour la faiblesse qu'il venait de montrer. Et mon ami détourna les yeux avec un étrange effroi, car il venait de se représenter un village ou une ville livrés à cette impuissance enragée.

— Vous m'avez cru ? cria le camelot avec un rire hystérique. Vous ne voyez donc pas que je fais le pitre pour me moquer de vous, chiens que vous êtes...

Il arracha des mains du cosaque le verre plein de vodka, le but d'une gorgée avide, toussa longuement.

— Je ne me ferai jamais à cette boisson de goujat, grommela-t-il, mais elle apaise. Alors, noble hôte, je m'en vais continuer mes discours dans le seul espoir de distraire un peu Votre Seigneurie.

Il se mit à parler très vite comme pour noyer le souvenir qui pouvait subsister de sa défaillance dans le cours précipité de son récit.

— Vous savez grossièrement les étapes de la carrière de Makhno. C'est déjà de l'histoire.

« Chef de bande, il commence par piller les grandes propriétés, puis fait en partisan la guerre aux Allemands, puis aux bolcheviks, s'allie à eux contre Denikine, s'allie à Wrangel contre les bolcheviks. Avec l'ataman Grigorieff il prend Odessa, le trahit et l'assassine, massacre les juifs, les bourgeois, les officiers, les commissaires, bref, pendant deux années, terrorise l'Ukraine entière

par son audace, sa cruauté, sa rapidité de
manœuvre et sa félonie.

« Toute cette histoire je l'ai vécue, mais c'est
maintenant seulement que j'en vois à peu près la
courbe.

« A l'époque, elle se réduisait à ceci : attaquer
et fuir, se battre, profiter de la victoire, puis se
tapir quelque part et, comme un animal blessé
lèche ses plaies, refaire nos forces. Voilà tout. »

— Comme tu es ennuyeux ! comme tu es
ennuyeux !

Ces mots s'étaient arrachés au cosaque rouge
malgré lui. On le sentait à bout de patience,
épuisé par une éloquence qui ne le touchait pas.

A quoi bon raconter ?

On avait vécu, bien vécu. Maintenant on attendait. C'était clair, facile à comprendre. Pourquoi
raisonner là-dessus ?

— Je ne tiendrai jamais jusqu'au bout, reprit-
il avec désolation. Je pars.

Le camelot lui saisit le poignet, et, sentant que
son étreinte ne pouvait rien sur cette masse de
chair rude et d'os noueux, essaya d'y enfoncer ses
ongles. Le cosaque se dégagea d'un léger mouvement, sans un mot.

La voix du camelot siffla avec des notes de
menace et de supplication.

— Tu ne vas pas t'en aller, Stiopa! Je te le défends, je t'en prie. Tu auras de la vodka tant que tu voudras et du vin rouge, mais reste. J'ai besoin que tu restes.

— Non, je ne peux pas, tu me tues avec ton discours.

— Alors tu as peur, hein? c'est cela?

— Peur?

— Sûrement. Tu sens que je vais parler du coup de pied et tu pars. Ah! ah! Stiopa le hardi, car je vais en parler, tout de suite, et ça tu ne peux pas dire que ça ne t'intéresse pas, hein?

« Tu te rassieds?

« Bon, je te rends mon estime, Stiopa.

« On est lié l'un à l'autre et par le coup de pied plus que par autre chose.

« Alors je vais le raconter, et monsieur le journaliste saura en même temps comment j'ai fait la connaissance de *batko* Makhno et comment je suis devenu son homme lige. Vous voyez que, quand je veux, je sais employer des mots distingués.

« Donc, c'était vers la fin de l'année 1918. Le groupe anarchiste auquel j'appartenais venait de manquer un petit attentat à Moscou.

« La Tchéka n'était pas sans bons limiers. Les recherches se resserraient de plus en plus autour de nous. Je n'en savais rien, mais je le sentais.

« Il faut avoir été conspirateur depuis sa jeunesse pour comprendre cette sorte de double vue.

Rien, en apparence, ne change autour de vous. Les gens sont les mêmes, les choses aussi. Pas l'ombre d'une filature, pas un regard soupçonneux. Et pourtant, l'air se raréfie.

« On sait, vous entendez, on sait qu'une muraille, molle encore, s'édifie quelque part et qu'elle vous encercle, de loin d'abord, puis la voilà qui se met en mouvement, qui rétrécit l'espace libre. C'est le moment décisif où il faut chercher l'invisible lézarde de ce mur inexistant et, par la brèche, fuir.

« Une seconde de retard, un faux mouvement, vous êtes pris.

« Mais moi, je suis plus malin que toutes les polices du monde. On peut m'avoir par la force. Par la ruse, jamais. Songez que j'ai plus de quarante ans, que sur ces quarante ans, j'ai vingt-cinq ans de terrorisme et d'anarchie et que je n'ai pas goûté à la prison. Hein ? qu'en dites-vous ? C'est de l'aventure ça et vous voyez bien que je me moquais de vous, tout à l'heure.

« Cette fois-là je flairai juste encore. Avec de faux documents, je me mis en route pour Kiev où j'avais des amis.

« Ce n'était pas facile.

« Il fallait passer de territoire rouge en territoire blanc et puis on m'avait bien prévenu que je pouvais tomber sur les gars de *batko* Makhno qui déjà avait sa légende.

« Mais je n'avais pas à choisir. Makhno était un

homme avec qui je pouvais m'entendre. Avec la caserne des communistes, non.

« Je réussis à gagner Simferopol après quelques péripéties dont le détail nous entraînerait trop loin. De là, je pris le train pour Kiev.

« Il faisait très chaud dans le wagon, très étouffant. Nous étions entassés effroyablement, genoux raidis, torses collés les uns aux autres, dans la sueur et la saleté. Les passagers n'échangeaient que des propos avares, mais tous avaient Makhno pour objet.

« Je les étudiais avec délice.

« Rien ne peut m'enchanter autant que l'épouvante inspirée par un homme sans loi à de lâches figures.

« On prêtait à Makhno toutes les audaces, toutes les férocités. L'imagination, visiblement, déformait les faits réels. On prétendait tantôt que l'ataman avait une armée à sa disposition, tantôt qu'à lui seul il prenait des villes.

« Quant aux attaques contre les trains, à entendre ces braves, elles étaient quotidiennes et sans merci.

« Pourtant le jour se passa fort paisiblement ; le soir, nous avions depuis longtemps dépassé la dernière gare importante avant Kiev. Aussi trembleurs avaient été mes compagnons de route, aussi vantards et joyeux devinrent-ils tout à coup.

« Il n'y avait plus rien à craindre, disaient-ils.

Nous étions presque arrivés. Au fond, ce Makhno n'était pas aussi terrible qu'on voulait bien le peindre.

« J'écoutais toujours avec le même dégoût. Moi, je sentais quelque chose de dangereux approcher et je savais que mes sens ne me trompaient jamais.

« Je le dis en quelques mots à mon voisin qui le transmit aux autres. Leur gaieté tomba d'un seul coup, comme assommée. Puis ils me regardèrent tous avec méfiance. N'étais-je pas de la bande, moi qui annonçais des événements terribles avec tant de certitude ? Et puis ma figure ne devait guère les réconforter. Elle ne ressemblait pas à la leur, hé, hé !

« Je m'assurai que mon revolver n'était pas au cran d'arrêt (car je sais qu'il n'y a rien de plus impulsif ni de plus brutal qu'un troupeau de lâches), et je leur proposai d'organiser une défense.

« Ces marchands me considérèrent comme un fou et l'un d'eux répondit qu'il valait mieux rester tranquilles, et qu'alors, s'il survenait quelque chose, on nous laisserait sans doute la vie sauve.

« Je me mis à fumer sans plus m'occuper d'eux que d'un bétail puant.

« La nuit avançait pleine de silence. On n'entendait que les cahots du train et parfois le soupir sifflant d'un voyageur.

« Dans le wagon mal éclairé, je ne voyais plus distinctement les traits. Les têtes fondues dans la pénombre semblaient n'en faire qu'une, immense, et qui n'avait de regard et de respiration que pour l'effroi.

« Et ce qui devait arriver arriva.

« Brusquement, un coup de frein terrible nous fit tous basculer.

« — Ça commence, murmurai-je.

« — Quoi ? souffla mon voisin, éperdu.

« Mais avais-je le temps de répondre ? Une joie trouble me travaillait, faite d'angoisse et de jouissance vraiment sensuelle, quelque chose qui se répandait dans la poitrine, le bassin et si fort que cela faisait presque défaillir.

« Dans la nuit claquèrent les premiers coups de carabine.

« De tout le train un mot s'éleva :

« — Makhno ! Makhno !...

« Puis un profond silence qui ne dura que quelques instants.

« Sous les fenêtres déjà sonnait une voix brutale.

« — Tout le monde en bas, dans les champs avec les valises. Sur qui ne sortira pas : feu. »

« Ce fut une ruée vers les portières.

« Une pluie fine tombait. Des files de voyageurs étaient déjà alignées sous elle. Les nuages couraient très vite sur un ciel blême voilant et dévoilant la lune. La steppe, des deux côtés de la voie ferrée, se recueillait comme un vaste animal mystérieux et tranquille. De-ci de-là, la carabine levée, des hommes immobiles sur leurs petits chevaux.

« D'autres cavaliers galopaient le long du train arrêté et, sans savoir pourquoi, avec des cris perçants, inarticulés, fusillaient la lune.

« Quelqu'un chuchota :

« — Les hommes de Makhno.

« De l'endroit où était le fourgon aux marchandises nous parvenaient des injures et des rires. On déchargeait les caisses, les malles et les colis sur des chariots légers.

« Le transbordement terminé, on nous ordonna de marcher droit devant nous.

« Aucun garde ne nous surveillait, mais de temps en temps passait une sorte de centaure furieux, le fusil braqué vers l'horizon. Après une marche épuisante nous atteignîmes un bois.

« Là, des hommes, dont on ne voyait ni les visages ni les costumes, mais que l'on devinait au vague étincellement de leurs armes, nous entourèrent.

« — Pas d'exécution ce soir, dit une voix. Le *batko* viendra lui-même demain.

« Puis avec l'intention de nous rassurer, la voix reprit :

« — On ne fusillera que les officiers, les commissaires, les bourgeois, les spéculateurs, les avocats.

« Un frisson courut dans notre groupe. Qui ne fusillerait-on pas alors ? Mais déjà la voix du chef continuait :

« — En attendant, présentez vos papiers.

« En vérité, ce ne furent pas les documents que l'on vérifia à la lueur d'une lanterne sourde, mais nos portefeuilles et les bijoux.

« La nuit coula lentement.

« Dans le bois, l'humidité était si pénétrante que d'abord personne ne songea ni à se coucher, ni même à s'asseoir. Mais, peu à peu, la fatigue fut la plus forte. Les uns s'appuyèrent contre les troncs, d'autres s'étendirent sur les feuilles pourrissantes.

« Nul n'osait parler. De temps en temps, un bruit d'accordéon et de chant atténué frémissait sous les branches nues d'où l'eau tombait goutte à goutte.

« Aucune surveillance.

« Les gens de Makhno savaient bien que dans le pays nous leur appartenions. Où aller d'ailleurs par cette nuit pluvieuse et sombre ? Dans chaque village le *batko* avait ses hommes. Quant à la steppe, elle était sillonnée par ses patrouilles qui tuaient sans merci tout étranger.

« Quelques-uns parmi nous, tout de même, se risquèrent. Ce n'étaient pas les plus braves mais les plus poltrons. Ils partirent comme des moutons épouvantés.

« Le lendemain, nous retrouvâmes leurs cadavres sur la route.

« Comment, par qui furent-ils massacrés ? Je ne le sus jamais. Quand, plus tard, je le demandais à ceux qui étaient devenus mes compagnons, ils souriaient placidement et répondaient :

« — C'est la terre qui travaille pour nous. »

« Au fond, ils ignoraient aussi bien que moi la façon dont ces gens étaient morts, mais leurs paroles étaient vraies : la terre travaillait pour eux.

« Là encore, très cher et très civilisé monsieur, il faut dire à votre petite raison bien-pensante de donner sa démission.

« Dans les tourmentes populaires où les gens du type du *batko* passent comme le fer et le feu et, contre toute vraisemblance, tiennent en échec des armées régulières, dans ces tourmentes il y a vraiment une alliance entre l'homme et la terre qui les porte, une sorte de pacte charnel, boueux, fait de limon et de sang.

« Tant qu'il dure, il n'y a rien à faire contre le héros ou le bandit qui en profite. Tous les miracles sont possibles, toutes les audaces, toutes les évasions.

« Vous savez sans doute mieux votre histoire que moi. Réfléchissez à ce que je vous dis. Cela vous expliquera le succès de beaucoup d'émeutes et de jacqueries.

« Quant à moi qui ne connais bien que l'his-

toire de Makhno, je puis vous garantir qu'il
suffisait de le voir pour comprendre qu'il était
marié aux marais du Dniester, aux bois profonds et au sol noir de l'Ukraine.

« Et puis un jour, sans que l'on sût pourquoi, aussi mystérieusement qu'elles étaient
nées, ces étranges amours cessèrent. Alors ce
fut la fin.

« Tu t'impatientes, Stiopa. Tu as raison, mon
gars. Mais tu comprends, il faut bien que monsieur se rende un peu compte de ce que nous
étions là-bas.

« Il faut bien qu'il sache, la foudre nous
écrase, que tu es capable d'autre chose que de
saluer les Américains en smoking qui descen-
dent devant ta boîte de nuit, et que je ne suis
pas fait seulement pour vendre des journaux et
lui être reconnaissant quand il veut bien
m'octroyer vingt sous au lieu de quatre.

« Eh bien, ami Stiopa, ce fut après cette
nuit-là que l'on nous conduisit au hameau de
Kliouevka. Tu te rappelles ce hameau, hein ?
C'est là que nous fîmes connaissance. Nous
n'étions pas très beaux à voir, tu te souviens.
Trempés, crottés, boueux et plus tremblants de
peur encore que de froid. Quand je parle de
peur, c'est des autres que je parle. »

— Toi, grommela le cosaque, tu avais dix fois plus peur que tous.

Le conteur lui jeta un regard tout souillé de haine et répondit à voix basse :

— Ne fais pas le bravache et laisse-moi continuer ou, Dieu vivant, je t'écrase cette bouteille sur ta face camuse.

Des notes hystériques vibraient dans sa gorge. Ses mains débiles étreignirent le goulot. Le cosaque baissa la tête.

— Il le ferait comme il dit, murmura-t-il.

Et mon ami vit avec surprise une étrange humilité sur les traits du colosse.

Le camelot fixa sur lui un regard triomphant, laissa se calmer sa respiration sifflante et reprit :

— La pluie avait cessé. Le hameau, ses maisons gaies, son église, sa petite rivière, tout semblait riant. Il n'y avait que nous, recrus de fatigue et d'angoisse, qui faisions tache.

« Pour nous voir arriver, toute la population était dehors. Les paysans étaient comme tous les paysans, sauf qu'il y en avait peu de jeunes. Mais les gens de Makhno, c'était une autre affaire.

« En toute autre circonstance, j'aurais ri de cette mascarade. Figurez-vous un ballet zaporogue : Tarass Boulba et Cie. Vous avez dû voir cela au cinéma, les culottes aux plis démesurés, les tricots de toutes les couleurs, les ceintures flamboyantes dont les glands tombent jusqu'à terre.

« Ce qui était moins drôle, c'étaient les gueules

qui couronnaient ces costumes, prêtes au meurtre et sculptées en férocité. Et tout cela armé jusqu'aux dents.

« Je n'ai de ma vie vu autant de poignards, de revolvers, de fusils, de cartouchières et de grenades accrochés à un corps d'homme. Pour plus d'élégance, certains portaient enroulées autour de leurs poitrines des bandes de mitrailleuses. Et les mitrailleuses mêmes étaient là devant les maisons, leurs petites gueules sombres pointées vers les arrivants.

« Nous attendîmes longtemps sur la petite place face à l'église.

« Les gars de Makhno nous criblèrent de quolibets, puis ils prirent des pierres.

« Quand l'un de nous, touché à la figure, gémissait, des cris de joie partaient de toutes parts et l'on entendait chaque fois la même voix enrouée répéter :

« — Te plains pas, il y a des choses pires.

« Je réussis au bout de quelque temps à distinguer dans la foule celui qui parlait ainsi. C'était un gaillard tout grêlé de petite vérole, presque sans nez, court sur jambes, et dont le torse était plus large que haut. On l'appelait Kiiko, et ses compagnons semblaient l'aimer beaucoup.

« Je sus bientôt que c'était le bourreau attitré de l'ataman.

« Pour l'instant il se tenait tranquille, laissant aux autres la joie innocente de nous lapider.

« A ce jeu-là — où notre ami Stiopa, mon cher monsieur, n'était pas le plus maladroit — nous eûmes rapidement les vêtements en guenilles, la bouche en sang. Mais les pierres n'agissaient plus sur personne. Les corps, à chaque nouveau heurt, répondaient par un faible tressaillement, semblable à un frisson de fièvre.

« C'était tout et cela ne faisait plus l'affaire des trognes hilares qui nous entouraient. Le diable seul peut savoir quelles nouvelles distractions elles auraient pu inventer quand une rumeur les arrêta.

« — *Batko, batko !*

« Malgré notre épuisement les têtes se redressèrent. Enfin il arrivait. Quelque chose de décisif allait se passer.

« J'entendis des murmures d'espoir : il n'y avait plus rien à nous prendre. Nous étions inoffensifs, sans armes. On allait nous relâcher.

« Je ne disais rien, attendant de voir l'homme, car c'est de son visage que tout dépendait.

« Mais, entouré comme il l'était en descendant de la voiture que des chevaux emballés avaient jetée juste devant nous, je ne pus l'apercevoir facilement. Tout son état-major était groupé là. Il y avait son frère, un rude gars, un vrai brave qui fut tué plus tard dans une attaque folle ; il y avait le beau Liatchenko, ancien matelot qui portait sa veste de marin décolletée et des bottes lacées avec des éperons, Pétritchenko le massif, Gouro, mince comme une perche, Kiiko, qui était venu se joindre à eux et d'autres, dont bien peu sont encore en vie.

« Ils parlèrent longuement avec des cris, des rires.

« Soudain, de leur troupe serrée, un petit homme bondit vers nous, et, à l'élan de son corps, je compris que c'était la mort qui venait.

« Je ne vis alors ni son visage ni ses yeux, je ne vis qu'un éclat insoutenable, maladif, de prunelles. Je jure Dieu qu'il n'était pas ivre. Cela se sentait à tous ses mouvements.

« Mais c'était bien pire. Un ressort effroyablement comprimé qui devait se détendre. Un désir noué jusqu'au paroxysme et prêt à tout. »

Le camelot, brusquement, saisit mon ami par les poignets, attira son visage près du sien, scandant ses paroles sur un rythme plus vif, s'écria :

— Ça vous passionne, hein, d'écouter mon histoire. C'est charmant d'être assis bien au chaud, confortable, devant un bon verre et d'entendre des choses qui vous font hérisser agréablement la peau, tandis que dehors veille une armée de flics sur votre chère petite sécurité.

« Salauds que vous êtes !

« Mais tâchez donc de vous représenter la scène, faites un effort pour la vivre, fût-ce une seconde, et vous comprendrez pourquoi j'ai envie de cracher sur toutes vos figures tranquilles.

« Allons, je vais aider votre imagination.

« Voici le décor :

« Un charmant village petit-russien, un matin frais d'automne avec beaucoup de soleil et des

prés mouillés, un ciel tendre et triste, des voix
de femme dans les maisons. Les acteurs — si
l'on peut les appeler ainsi : un groupe d'hommes
tout sanglants, tout tremblants, avec une prière
qu'ils n'osent exprimer sur les lèvres : « Grâce
pour notre vie, grâce ! » Ils grelottent à petits
frissons. Leurs yeux cherchent du secours instinctivement, mais ne rencontrent que ces costumes de carnaval et que ces faces de ripaille et
de férocité.

« Mais surtout, comprenez bien, leurs yeux
cherchent à éviter l'insoutenable regard, le
regard de feu, le regard dément de ce petit
homme qui, la tête en avant et le corps incurvé
comme celui des oiseaux de proie, les contemple
avidement sans un mot, les mains dans ses
poches.

« Dites-vous que cette attente, que ce silence,
dure quelques secondes et que, dans chacun de
ceux qui se sentent ainsi fixés, monte une épouvante qui va emporter leur raison.

« Soudain le petit homme tire la main droite
de sa poche, l'agite et crie :

« — Les hacher, et voilà tout.

« Personne de nous n'a encore compris le sens
de cet ordre que le bourreau Kiiko, le sabre levé,
se jette sur les victimes et qu'il frappe à tort et à
travers.

« Est-il maladroit, le fait-il exprès ? Mais
aucun de ses coups n'est immédiatement mortel.

Il enlève un doigt, coupe une oreille, fend une cuisse.

« Fatigué, pourpre, Kiiko s'arrête, respirant lourdement. Le beau Liatchenko, élégant et alerte, le remplace. Et le sabre vole et frappe de nouveau comme s'il coupait des choux. Et le liquide rouge gicle, et les cris, et les faces mutilées, et les troncs décapités.

« L'ivresse gagne l'escorte entière.

« Elle se rue au travail. Et derrière, les mains dans ses poches, un sourire distrait errant sur ses lèvres pressées, se tient le petit homme qui a déchaîné cela. Il regarde avec curiosité et l'on ne peut rien déchiffrer d'autre dans ses yeux aigus.

« Mais voici le carnage terminé.

« Au lieu d'hommes, terrifiés sans doute et réduits à l'état de loques, mais vivants, s'amoncellent en petits tas des cadavres informes.

« Alors le petit homme s'ébranle convulsivement et, d'un trot rapide et bref comme celui des chiens, court vers les monceaux de corps.

« Une tête coupée se trouve sur son passage, il la rejette d'un coup de botte et saute sur les cadavres. Il piétine les poitrines, les ventres encore chauds, fait suinter le sang des blessures et dit tranquillement, oui, tranquillement, que je meure en prison si ce n'est pas vrai, il dit tranquillement :

« — Et voilà tout.

« Puis il cherche du regard un contradicteur,

jette encore une fois, comme un triomphal défi, son « voilà tout » et court vers un autre monceau humain sur lequel il recommence sa danse furieuse. »

Le camelot abandonna les mains de mon ami. Exsangue soudain, sa tête roula sur le dossier de sa chaise et l'on put croire un instant qu'il allait s'évanouir. Un verre de vodka, que Stiopa lui fit avaler de force, le redressa.

Les tics qui ravageaient sa figure étaient plus marqués, mais ses doigts si mobiles, comme saisis de paralysie, pendaient inertes.

— Voilà, c'est toujours comme cela, reprit-il d'une voix exténuée. Je me promettais un plaisir admirable avec l'affaire du coup de pied. Maintenant il est gâché d'avance. Qu'est-ce que cela peut bien vous faire, après cette orgie rouge, de savoir comment j'ai pu y échapper ? Allons, Stiopa, raconte à ma place.

Le cosaque dit paisiblement, comme si l'aventure lui paraissait toute naturelle :

— Quoi ! ce n'est pas malin à deviner, je me suis jeté sur lui avant de toucher aux autres, tellement sa sale tête me déplaisait. Lui, il a eu tellement peur que ça lui a donné du courage et de la force.

« Tandis que je levais mon sabre, il m'a donné un coup de pied, là, à gauche, dans le bas-ventre. Il faut être juste, un maître coup de pied, et je me suis retrouvé dans une maison avec la grosse

Aniouta qui me soignait. Il paraît que je suis
resté une heure sans connaissance.

« Alors, naturellement la chose a plu au
batko. Ça l'a fait rire, et il ne riait pas souvent.
Alors il a gracié cet homme-là et, lui, il a
rapidement noué connaissance avec d'autres
pisseurs de paroles qui étaient autour du
batko, on se demande pourquoi.

« Et il est devenu un de nos chefs. Ce n'est
pas malin du tout. »

Mon ami avait à peine écouté ce récit. Toute
son attention, toute sa sensibilité, restait atta-
chée à la vision des cadavres lacérés à coups
de sabre, et de l'homme qui dansait dessus. Il
avait, sur la révolution russe, entendu beaucoup d'histoires atroces, mais celle-là dépassait
tout en horreur.

Il dit malgré lui :

— Quelle sanglante brute que votre
Makhno !

Ces mots parurent galvaniser le conteur. Ses
doigts reprirent leur agilité malsaine. Une iro-
nique grimace entrouvrit sa bouche où beaucoup de dents manquaient et cette grimace
ricana :

— Hé, hé ! mon cher monsieur, croyez-vous
que je vous ai amené ici pour vous raconter
des histoires morales ?

Il réfléchit quelques secondes, s'étira.

— Une sanglante brute, dit-il enfin avec lenteur. Possible, mais il lui est arrivé une fois une singulière aventure.

« Je vais vous la dire et vous irez vous coucher après, avec une cargaison suffisante de réflexions.

« Mais attendez, j'ai la gorge sèche et j'en ai assez de tous vos damnés breuvages. Qu'on me donne de l'eau bien fraîche. »

Le camelot but à grands traits avides et reprenant sa pose du début, le front serré entre les mains, sa barbiche noire seule apparente, il se recueillit longuement.

Apaisé, souriant presque, ayant perdu toute sa méchanceté maladive et son ironie cynique, il se mit à raconter.

Aux mots soigneusement choisis, on voyait que ce n'était pas la première fois qu'il disait cet épisode et qu'il mettait à le composer et à le peindre une dilection singulière.

— C'était en décembre 1918, dit-il. Makhno, en quelques mois, venait d'écorcher sans merci les détachements germaniques et les mercenaires du hetman Skoropadzki. En quelques mois, 118 attaques contre des échelons, des patrouilles, des convois !

« Mais ce n'était qu'un apprentissage.

« Les Allemands, en quittant l'Ukraine, abandonnaient un matériel de guerre immense. Le *batko* s'en empara. Il put armer ainsi avec quelque sérieux ses bandes qui, jusque-là, n'avaient eu guère pour se battre que des carabines déparaillées et des couteaux.

« Alors il changea de style. Il ne s'en était pris qu'aux traînards, qu'au ravitaillement, qu'aux patrouilles isolées. Il voulut prendre une ville. D'abord, cela flattait sa vanité, ensuite procurait un réconfortant pillage à ses troupes.

« Pour premier essai, il choisit Ekaterinoslaw.

« En vérité ce ne fut pas difficile. Jamais ville ne se défendit aussi peu. Mais le *batko*, fier de l'artillerie toute neuve qu'il avait prise aux Allemands en déroute et pour célébrer, disait-il, son arrivée parmi les bourgeois, ne cessa pas le feu.

« Plus de deux mille obus éventrèrent Ekaterinoslaw. Makhno, une jumelle à la main, suivait leurs éclatements et jamais, je le jure, un voluptueux n'eut auprès d'une femme experte un aussi spasmodique sourire que le sien.

« Là-bas, les incendies s'allumaient, l'acier dentelé des projectiles arrachait la chair aux hommes. Une grande cité frémissait d'agonie, tout entière.

« Et c'était lui, *batko* Makhno, l'ancien bagnard, qui tenait toutes ces vies dans sa paume sèche. Quelle revanche !

« On bombarda jusqu'au soir.

« Alors, avec leurs cris de bêtes, les hommes de

Makhno se ruèrent au galop vers la ville qui, depuis longtemps, avait ouvert ses portes. Je ne vous dépeindrai pas la course à travers les rues désertes, l'assaut des caves ; les maisons flambantes, les plaintes des femmes violées, l'ivresse et le stupre.

« Je vous dirai seulement que ce fut une belle nuit parmi les belles nuits, car, plus que le plaisir de l'alcool ou de la luxure, elle apportait le sentiment d'une puissance sans limites, d'une indicible liberté.

« Ah ! les anarchistes théoriciens peuvent bien délirer sur leurs schémas, ils ne connaîtront jamais ce que, moi, j'ai éprouvé à la suite de Nestor Ivanovitch Makhno. Et je l'en remercie.

« Le pillage dura cinq jours.

« Il ne s'agissait plus de rançon ou de tribut à payer. On vidait la ville et ses habitants de tout ce qu'il y avait de précieux. Pour donner plus de goût à cette opération bien menée, on fusillait sans relâche.

« Makhno, loin de retenir ses gaillards, leur donnait l'exemple et ses charrettes personnelles étaient lourdes d'un butin de choix.

« Cependant, pour satisfaire sa vanité morbide, il voulait donner à son occupation d'Ekaterinoslaw un caractère de légalité pompeuse, une apparence de gouvernement régulier et stable. C'est ainsi qu'il nomma un gouverneur de la ville, mais, pour être sûr que ce gouverneur ne serait pas d'un caractère faible, il plaça à ce poste son bourreau à face de gorille, Kiiko.

« Ce fut ce Kiiko qui fut chargé de délivrer les laissez-passer à ceux des habitants qui voulaient quitter la ville.

« Comme vous le pensez, les amateurs étaient nombreux. Ne se sentaient en sécurité à Ekaterinoslaw que les voyous qui d'ailleurs s'étaient joints aux hommes de Makhno et que les prostituées qui n'avaient jamais été à pareille fête, car il faut rendre cette justice aux gens de notre *batko* qu'ils ont toujours été prodigues de leur porte-monnaie comme de leur sang.

« Donc, tandis que fumaient encore les ruines des maisons incendiées, que le pillage montrait partout sa gueule meurtrière, que les cavaliers de Makhno, complètement ivres, galopaient par les avenues, déchargeaient au hasard leurs fusils sur les passants, une foule considérable se pressait aux portes de la maison où Kiiko, le bourreau, devenu, par la grâce du *batko*, gouverneur d'Ekaterinoslaw, avait établi ce qu'il appelait sa chancellerie.

« Il y avait là des gens de toute condition, de tout âge ; mais tous avaient retiré ce qui pouvait signaler leur rang dans la société : les civils leurs faux cols, les officiers leurs uniformes, les femmes leurs chapeaux.

« Seul, un vieux rabbin avait eu l'ingénuité

de se présenter sans déguisement. On lui fit vite voir qu'il avait tort.

« Makhno n'aimait pas les juifs. Si tuer des orthodoxes lui était un simple plaisir, massacrer les juifs lui apparaissait comme un véritable devoir. Il l'accomplissait avec zèle.

« Combien en avons-nous mis à sac de ces petits villages youpins, passant au fil de l'épée les hommes, éventrant les femmes, brisant les crânes d'enfants contre les murs. Combien sont partis rouler dans le Dniester. Combien ont gémi, les plantes des pieds rongées par le feu, avant de mourir crucifiés !

« Je savais tout cela. Aussi, lorsque, passant devant la foule, j'aperçus ce vieil homme, le fis-je traîner contre un mur par deux de nos gaillards et que, sans user une balle pour sa peau ridée, nous lui cassâmes la tête à coups de crosse de revolver.

« C'est après cette exécution que j'aperçus, dans les rangs de la foule, la jeune fille.

« Elle venait de s'y mettre sans doute, car j'ai de bons yeux et je l'aurais sûrement remarquée auparavant. Toute son attitude montrait qu'elle n'avait point vu la scène avec le vieux rebbe.

« Mon premier mouvement fut de le regretter et ce mouvement fut si vif que je ne pus, avec ma manie d'introspection, m'empêcher d'y chercher une raison.

« Elle m'apparut fort clairement après un exa-

men plus approfondi de la jeune fille. Oui, c'était
bien cela : j'aurais voulu qu'elle assistât au meurtre pour que fût ternie en quelque chose sa
pureté.

« En effet, il n'est rien au monde que je déteste
autant que cette candeur impudente des gens très
jeunes et beaux. On dirait, Dieu me damne!
qu'avec cela ils ont le droit de mépriser tout le
monde.

« Moi, quand je rencontre des visages pareils,
j'ai envie de me livrer aux pires obscénités, au
pire exhibitionnisme, rien que pour faire descendre de leurs fronts cette auréole imbécile.

« Or la jeune fille dont je parle était pure,
incroyablement pure.

« Cette innocence était sur elle comme malgré
elle. Chacun de ses mouvements en était adouci.
Qu'elle inclinât son cou long et délicat, qu'elle
portât les mains à sa jeune poitrine pour la
protéger de la bousculade, qu'elle demandât un
renseignement à ses voisins, tout faisait penser à
l'enfance, au matin, à l'eau la plus fraîche, bref, à
tout ce sur quoi l'on s'attendrit si grotesquement.

« Ce n'étaient pas les traits réguliers et fins de
son visage qui en faisaient surtout la beauté.
C'était son teint d'un rose mat, puéril et chaud en
même temps, qui lui donnait une sorte d'ingénuité ardente, de passion qui s'ignorait elle-
même.

« Et puis ses yeux d'un gris profond et tendre

comme du velours. Il y avait en eux une telle douceur, une telle amitié pour l'univers que moi-même en fus ému. Et je ne sais pourquoi je n'osai obéir à mon premier mouvement qui avait été de la souiller.

« Car nous pouvions faire ce que nous voulions, mon cher monsieur, à cette époque-là. Il ne tenait qu'à moi de m'approcher d'elle, de l'embrasser où bon me semblait, de la faire saisir par quelques robustes gaillards, la traîner chez moi et la violer avec leur aide si elle s'était montrée méchante, quitte à la laisser en pâture après.

« Évidemment, quelques heures après, celui qui se serait permis de la toucher serait tombé mort sur place, mais à ce moment-là, nous avions toute liberté.

« Malgré cela, je ne fis rien.

« Pourquoi ?

« Le diable seul pourrait l'expliquer, car, je vous jure, la virginité des filles ne m'en impose pas. Mais celle-là, ni de moi ni de personne, ne reçut aucun affront.

« Et pourtant les gars de Makhno étaient la plupart portés terriblement sur la créature. Et elle était bien belle...

« Je ne réfléchissais naturellement pas à tout ce que je raconte maintenant en ce soir de décembre 1918, à Ekaterinoslaw. Je la regardais vivre tout simplement et, me croiriez-vous, j'ai rarement connu un aussi vif plaisir.

« D'ailleurs, je n'étais pas le seul à l'éprouver. Tous ceux qui l'entouraient étaient touchés par sa présence. Or je vous assure qu'il n'est pas facile d'attendrir ni même d'intéresser des gens qui, depuis le matin, font queue devant une porte, surtout lorsque des grenades éclatent par toute la ville, que toutes les caves ont été pillées et qu'il suffit du caprice d'un gaillard un peu exalté pour recevoir une balle bien ajustée dans le front.

« Pourtant tout le monde regardait la jeune fille avec un sourire apaisé. On lui cédait la place contre le mur pour qu'en s'appuyant elle pût prendre quelque repos.

« Elle, sans peur et sans timidité, répondait aux questions. Je sus de cette façon qu'elle venait de Kiev où elle suivait des cours de l'Université, qu'elle allait en Crimée rejoindre ses parents.

« Il faisait déjà nuit. La queue n'avançait pas d'un pouce. C'était l'heure où Kiiko commençait à s'enivrer.

« Les gens recroquevillés de froid piétinaient sur place, fixant avec un morne espoir la porte toujours close.

« Alors, j'ai fait la première action vraiment désintéressée de ma vie. Je ne m'en vante pas, car je trouve cela d'une imbécillité parfaite. Je crois que j'ai connu là quelque chose qui se rapproche de ce que vous appelez, honnête monsieur, la pitié.

« Comment vous expliquer cela ?

« J'ai senti au creux de la poitrine une barre douloureuse qui peu à peu se fondait, et, dans la gorge, un malaise nerveux dont il fallait que je fusse débarrassé à tout prix.

« Vous ne riez pas ? Non ? Sans doute cela vous paraît naturel ? Eh bien, je ne vous envie guère, car j'aime mieux crever de faim que d'avoir à éprouver souvent ce sentiment-là. D'abord, ça fait très mal, ensuite, ça vous mène à des actions absurdes.

« Quelle estime voulez-vous que je conserve pour moi quand je pense que je me suis avancé vers cette jeune fille et que poliment (c'est à mourir de rire, moi, poli), je lui ai proposé de la faire passer tout de suite chez le commandant ?

« Elle parut gênée, non pas de mon offre j'en suis sûr, car elle ne soupçonnait pas que quelqu'un lui voulût du mal, mais de passer avant les autres.

« J'aurais voulu que quelqu'un réclamât. J'aurais fait charger tout ce ramassis à coups de sabre. Mais ils ne protestèrent pas. Au contraire, ils eurent l'air de m'être reconnaissants de ce que je faisais.

« Première punition de ma faiblesse. Recevoir l'approbation de ces gens-là, quelle récompense ! hein ! croyez-vous ?

« Cela me mit en fureur. Je pris la jeune fille

par le bras, distribuai quelques coups de poing pour faciliter le passage et l'emmenai chez Kiiko.

« Comme je l'avais prévu, celui-ci était déjà mortellement ivre.

« Des bouteilles vides traînaient par terre et il avait une fille aussi laide que lui sur les genoux.

« — Tu amènes du gibier, dit-il en me donnant une tape de son énorme main. Allons, asseyez-vous et buvez. »

« J'estimais Kiiko, car vraiment je n'ai jamais rien vu d'humain chez lui. Il n'aimait personne, ne prenait plaisir à rien. Même les massacres qu'il opérait presque chaque jour ne lui donnaient aucune sensation. Même l'alcool ne le réjouissait pas. Il en buvait par habitude, par nécessité, mais sans plaisir. Un curieux spécimen en vérité et qu'il m'amusait de voir vivre.

« Je lui dis amicalement qu'il se trompait, que la jeune fille était ma protégée.

« Elle lui exposa sa requête et demanda un laissez-passer. Je crois qu'il le lui aurait accordé tout de suite s'il n'avait pas été saoul au point de ne plus pouvoir tenir un porte-plume pour signer l'ordre.

« Mais il déclara :

« — La distribution est finie, revenez demain.

« — Allons, Kiiko, donne-le-lui, dis-je.

« Il répondit avec l'entêtement des ivrognes :

« — Non. C'est fini et c'est fini. Est-ce toi ou moi qui commande la ville ? »

« J'aurais dû prendre un laissez-passer et le signer moi-même, mais ce damné jour-là je devais être un peu fou, car je m'avançai vers Kiiko, le saisis à la gorge et criai :

« — Tu vas m'obéir, tu entends, boucher ? »

« Ne touchez jamais un homme ivre au visage, mon cher monsieur, je vous le conseille.

« — Ah ! c'est comme ça, grommela Kiiko. Tu vas voir. »

« D'un mouvement brusque il jeta par terre la fille assise sur ses genoux et tendit la main vers le revolver posé sur sa table.

« Il n'eut pas le temps de le prendre qu'une bouteille éclatait contre sa tête.

« Mais je ne suis pas très fort et puis il avait des os insensibles. Le verre se brisa sur son crâne, lui érafla la peau. Cela ne lui fit aucun mal, mais le sang coula tout de même. Il en fut aveuglé et ne put saisir son arme.

« Cela me donna le temps de sortir la mienne.

« Que serait-il arrivé ? Du vilain, en tout cas, car la brute n'aurait pas cédé. Mais la porte du bureau dans lequel nous nous trouvions s'ouvrit et Makhno parut.

« — Une bataille entre mes lieutenants, grommela-t-il. Je n'aime pas ces bêtises. »

« Il parcourut du regard la salle.

« — Et pour une femme ! poursuivit-il entre ses dents. Vous mériteriez que je vous fasse enterrer vifs. »

« Tandis qu'il parlait, ses yeux ne quittaient pas la jeune fille. Pendant la querelle, elle s'était réfugiée contre un mur. Son menton tremblait un peu et elle avait placé sa main contre ses lèvres, sans doute pour s'empêcher de gémir.

« Soudain, Makhno fit deux pas vers elle et, sans enlever le haut bonnet qui rendait plus farouche encore son visage, la fixa de son mauvais regard fiévreux.

« La jeune fille fit un mouvement de recul. Le mur l'en empêcha. Un cynique sourire passa sur la bouche de Makhno. Il cria de sa voix aiguë :

« — Vous passez la nuit chez moi. Et voilà tout. »

« Il tourna brutalement les talons et sortit sans attendre la réponse de la jeune fille.

« Elle était restée sans mouvement. Sur son visage il y avait plus de stupeur encore que d'effroi.

« Kiiko, dégrisé et rendu à son indifférence parfaite, tambourinait sur la table. Sa compagne avait disparu.

« Quant à moi, je ne savais pas très bien ce que j'éprouvais, mais j'avais mal à la pensée de ce qui allait se passer bientôt. Je vous l'ai dit, ce soir-là, j'étais un peu fou.

« Pour mettre le comble à mon malaise, une estafette du *batko* vint m'avertir que j'avais à amener la jeune fille chez Makhno et à passer la nuit avec eux. Ce fut alors que j'eus ce mot désarmant :

« — Mademoiselle, ne craignez rien. Il ne vous fera pas de mal. »

« La trouvaille était assez jolie, n'est-ce pas, mais c'était plus fort que toute mon intelligence. Il fallait que je la rassure. Ce fut d'ailleurs ma dernière imbécillité. Je passai la main à un autre.

« Pourtant au début, tout alla bien. Nous trouvâmes une table dressée avec un samovar, de la viande froide, des sucreries.

« Le *batko*, dans un coin, travaillait.

« Il avait en effet cette faiblesse de vouloir être, en même temps que meneur de bande, homme d'État. Une poignée d'anarchistes, dont Voline était le chef et à laquelle j'appartenais, lui servait de gouvernement civil.

« A l'ordinaire il s'en remettait à nous du soin de paperasser, mais il lui arrivait parfois d'être saisi d'une rage de contrôle et il se faisait apporter des monceaux de rapports, tous plus inutiles les uns que les autres, qu'il vérifiait fiévreusement. On eût dit qu'il voulait se démontrer qu'il n'avait pas oublié de lire.

« Ce soir-là, il était dans une de ces crises de labeur.

« — Vous, restaurez-vous, faites ce que vous

voulez », dit-il brièvement à la jeune fille, sans même la regarder.

« Et à moi :

« — Toi, viens travailler.

« Je m'assis près de lui. Il me tendit une liasse de papiers et un crayon rouge, puis se replongea dans les dossiers.

« Je n'ai jamais aimé la bureaucratie, mais ce soir-là je lui fus reconnaissant de nous donner ce répit.

« Tout en feignant d'annoter les pages stupides dont j'avais la charge, je regardais à la dérobée la jeune fille. Elle n'était pas émue. Mieux encore, elle semblait amusée du tour imprévu que prenaient les choses et pleine de curiosité.

« Ses yeux se portaient tour à tour sur la chambre où nous étions et sur Makhno. La pièce était celle d'une maison bourgeoise, vaste, confortable et vieillotte. Du *batko*, elle ne voyait qu'un dos rond et son haut bonnet de fourrure qu'il abandonnait rarement.

« Son examen fini, elle se mit avec tranquillité à verser du thé dans les tasses.

— En voulez-vous, camarade Makhno ? demanda-t-elle d'une voix ferme.

« Il tressaillit légèrement, se retourna.

« Elle se tenait derrière la table, droite, paisible, souriant comme une affable maîtresse de maison et l'invitant du geste.

« Je retenais ma respiration ainsi que l'on fait

devant une bête fauve au repos et dont la fureur peut se déchaîner au moindre bruit.

« Makhno ferma à demi les paupières.

« — Bien, j'ai soif, on reprendra le travail après », dit-il.

« Et vint s'asseoir en face d'elle.

« Vous voyez le couple !

« Au fait, non, vous ne pouvez le voir, car je m'aperçois que, contrairement à toutes les règles d'un récit bien ordonné, je ne vous ai pas décrit Makhno.

« Je ne pensais pas que cela fût nécessaire, mais maintenant l'heure du portrait est arrivée.

« Celui de la jeune fille, je vous l'ai déjà fait.

« Voici le *batko* :

« Il est assez court de taille. Des épaules plutôt étroites, la poitrine creuse. Il porte un veston de drap sombre, de hautes bottes et un bonnet de fourrure. Ses cheveux noirs comme de la poix, très longs, lui tombent sur les épaules.

« Le visage a le même caractère maladif que le corps. Jaune terreux, rasé de près, il frappe par la férocité de la bouche et l'usure des joues. Mais l'on ne fait pas attention à la fatigue de ses traits que l'on pourrait prendre pour ceux d'un frère moine ravagé par le jeûne. Seuls, comptent les yeux. Je n'en ai jamais vu de pareils.

« Comprenez-vous, ils ne changent jamais d'expression. Jamais. Ni lorsqu'il sourit, ni lorsqu'il donne les ordres les plus sanguinaires, ni dans l'attaque, ni dans la fuite. Ce sont des yeux qui savent tout et qui, pour la vie, en ont fini avec le doute.

« Désirs, craintes, joie, désespoir, amour, vous ne lirez jamais rien de cela dans ce regard. Ces sentiments ont été passés à la meule, réduits en poudre, et il n'en reste plus que cet éclat suraigu, obstiné qui brille dans les petits yeux marron de Makhno.

« Ainsi donc, voilà, face à face, ces deux visages.

« Dès ce moment je ne comptai plus. Je m'effaçai d'ailleurs de mon mieux et c'est à cela que je dois d'avoir assisté à toute la scène.

« Le *batko* buvait son thé sans parler. Une grande fatigue était sur sa figure. L'effort qu'il avait fait sur les rapports atténuait un peu la sauvagerie de sa bouche et, devant sa tasse fumante, il avait l'air presque humain.

« La jeune fille ne troublait pas son silence. Je la sentais surprise, et, pour la première fois, désemparée.

« Elle s'attendait à des mots rudes, à des gestes brutaux, à un sanglant soudard. Elle trouvait un homme chétif, qui semblait rongé de tuberculose et qui se taisait.

« Makhno eut-il conscience de ce qui se passait en elle, je n'en sais rien, mais, s'arrêtant de boire, il ordonna brutalement :

« — Eh bien, parlez.

« Elle rejeta un peu son buste en arrière, comme pour mieux juger celui qui la traitait avec grossièreté.

« — Je n'ai rien à dire, répondit-elle, j'étais venue chercher un laissez-passer. On ne me l'a point accordé. Vous m'avez fait amener ici, c'est à vous de parler.

« Makhno n'était point habitué à tant d'assurance. De mauvaise, sa bouche devint furieuse.

« — Et pourquoi le laissez-passer ? cria-t-il. Hein, vous n'êtes pas bien ici ? Vous avez peur ?

« — Non. Pas du tout.

« Le *batko* avança vers elle son visage, tellement la réponse le déconcertait. Il scruta longuement ces traits enfantins.

« Fut-il touché par la tendresse de la peau ou par le pli sérieux qu'elle avait à la naissance du front ?

« En tout cas je l'entendis grommeler comme malgré lui :

« — C'est vrai, elle est trop petite.

« Mais sa vanité ne pouvait accepter purement et simplement un si incroyable défi. Car il mettait sa plus haute gloire à épouvanter. Personne ne devait, ne pouvait être plus redoutable, plus féroce, plus destructeur que *batko* Makhno.

« Il dit avec un ricanement :

« — Vous avez de la chance de ne pas avoir entendu parler de moi.

« — Mais si, j'ai beaucoup entendu parler de vous.

« — Et alors?

« — Je ne crois pas à tout ce que l'on raconte.

« — Ah! vous n'y croyez pas. Eh bien, je vous assure, vous avez tort. Demandez à celui-là (et il me montrait) comment nous avons fait connaissance. Je dansais sur des cadavres presque vivants, parfaitement, des cadavres sans tête, sans oreilles, sans mains. Tout cela avait été enlevé sur mes ordres. Mais j'ai d'autres jeux à votre disposition. Un désir de vous et je découpe en lamelles n'importe qui. Ou si vous préférez assister à un empalement ou voir comment on arrache des ongles? Moi ça ne m'amuse plus, mais un signe de vous suffira.

« Il se rapprochait d'elle de plus en plus, à la toucher presque, s'enivrant de son orgueil et de sa cruauté.

« — Savez-vous, poursuivait-il, que la centième partie du sang que j'ai de mes propres mains versé suffirait à vous faire une belle robe rouge? Et qui vous couvrirait du col jusqu'aux chevilles. Et ce vieil ami (il flattait la crosse du colt passé à sa ceinture) a cassé tant de têtes qu'on pourrait en faire un collier au Kremlin. Commencez-vous à croire ce qu'on raconte de moi, hein?

« D'abord la jeune fille ne répondit pas. Durant tout cet étalage monstrueux, elle n'avait pas

quitté Makhno du regard. Et dans ses yeux,
cela je l'affirme, à aucun moment je ne vis ni
crainte ni horreur, mais une tristesse qui allait
s'épaississant de seconde en seconde, une tristesse profonde, et déchirante, qui atteignait
aux limites du désespoir humain.

« Elle dit enfin :

« — Pourquoi ? Pourquoi ?

« Il y avait dans sa voix un besoin infini de
savoir. Ce n'était pas de la curiosité. Elle voulait savoir les raisons de tant de crimes pour
qu'elle pût les pardonner. Elle n'admettait
point qu'une si bestiale cruauté pût être gra-
tuite.

« Le *batko* le comprit, mais son orgueil ne
cédait pas encore. Et comme elle répétait faiblement :

« — Pourquoi ? Pourquoi ?

« Il cria :

« — Je suis Makhno... Et voilà tout.

« Et voilà tout.

« C'était son seul et suprême argument.

« Vous sentez, j'espère, de quel ton il le pro-
férait et ce qu'il y mettait de despotisme,
d'arbitraire, de joie démoniaque à narguer
l'univers par son seul bon plaisir. Nul n'osait
répondre à cette parole-là, tellement elle était
gonflée de folle vanité et grosse des pires
menaces.

« Et voilà tout.

« Quand Makhno avait dit, ni Dieu ni le diable n'avaient plus voix au chapitre.

« Mais sur la jeune fille, cela ne produisit aucun effet.

« Elle secoua lentement la tête, son regard se fit plus profond, plus suppliant.

« — Ce n'est pas possible, dit-elle, il y a autre chose, malheureux homme que vous êtes.

« Alors, pour la première fois de ma vie, et de la sienne, je pense, je vis une ébauche de conflit intérieur chez l'ataman. Oh ! c'était bien rudimentaire, et il fallait le connaître comme je le connaissais pour s'en apercevoir.

« Il mordilla sa paume droite comme pour en sortir une épine. Ce fut tout, mais cela me suffit pour savoir qu'il hésitait.

« Entre quoi balançait-il ? Entre sa vanité indomptable et le désir de se justifier.

« Makhno se justifier ! Vous rendez-vous compte de ce que cela représente ?

« Si la jeune fille avait parlé encore, il n'aurait pas toléré cette humiliation et je garantis, sur ma vie, qu'il lui aurait cassé la tête d'un seul coup et la mienne aussi pour avoir assisté à ce débat.

« Mais elle se taisait, le regardant toujours de toute sa tristesse, de toute sa bonté. Lui, peu à peu, faiblissait. Ses yeux ne pouvaient changer d'expression, car c'était le sceau dont le destin l'avait marqué, mais tout son visage devenait plus flou, détrempé.

« Soudain il étendit ses deux bras sur la table, poings fermés.

« — Remontez un peu mes manches, dit-il.

« Elle obéit sans comprendre.

« Makhno d'un mouvement brusque leva jusqu'à ses yeux ses poignets, en criant :

« — Vous ne voyez donc pas ?

« Elle considéra deux profonds et grossiers sillons qui encerclaient de leurs bourrelets les poignets du *batko*. On eût dit des morsures de chien mal guéries.

« — Qu'est-ce que c'est ? murmura-t-elle interdite.

« Il répondit, les dents serrées, toute sa haine et toute sa révolte passant dans sa voix par saccades :

« — Les fers... Dix ans... Au bagne... Rien ne les effacera.

« Elle ne demanda point pourquoi il avait fait du bagne.

« Que voulez-vous, c'était une petite jeune fille russe, nourrie sûrement de Dostoïevski et de Tolstoï, pour qui le châtiment excusait mille fois le crime. Elle n'avait ni votre logique, mon cher monsieur, ni votre sens de la légalité ; mais je vous assure que ce n'est point par la logique que vous eussiez eu raison de Makhno.

« Je ne vous expliquerai donc pas pourquoi, au seul mot de bagne, cette étudiante eut pitié du *batko*.

« Elle saisit convulsivement ses bras et, sans plus de répulsion que s'ils eussent été les bras de son frère, se mit à caresser les affreuses cicatrices. Avec une douceur légère, ses doigts passaient et repassaient sur les poignets maudits.

« Makhno avait fermé les yeux comme s'il souffrait trop en cette minute de n'en pouvoir changer le regard. Le souvenir que j'ai de son visage me fait douter qu'il puisse y avoir plus de bonheur et plus de douleur à la fois sur une face humaine.

« Il semblait à bout de forces, prêt à mourir.

« Sans en avoir conscience, il se leva et alla tomber sur un canapé placé non loin de la table.

« Aussi inconsciente que lui, la jeune fille le suivit, reprit ses poignets.

« Que se passait-il en son cœur en cet instant ? Pourquoi, son premier élan de pitié passé, ne reprenait-elle pas le contrôle de ses actes ? Pourquoi subissait-elle l'attrait de ce barbare ?

« On dit que les femmes aiment le sang, que les criminels les fascinent et que, toutes faibles et délicates qu'elles soient, leur sensualité s'émeut auprès d'un homme qui souvent a remplacé la mort.

« Possible.

« Cette jeune fille était pure parmi les pures, mais elle ne commandait pas à sa chair et la chair, hein, cher monsieur, vous savez bien quelles saletés y sommeillent.

« Et puis, y a-t-il besoin de cela pour expliquer cette scène ? Savons-nous ce qui peut passer de folies dans la tête d'une fillette riche et rêveuse ! Peut-être s'est-elle imaginé qu'elle allait racheter ce malheureux, le faire repentir, le hausser vers une autre vie.

« En tout cas, le fait est là. Elle s'assit près de Makhno et recommença à lui caresser les poignets.

« Le *batko* se laissait faire sans un mouvement. Pourtant il aimait brutalement les femmes. Bien des corps portent la trace de ses dents. Mais là il paraissait envoûté.

« Ils restèrent ainsi longtemps, Makhno gardait les yeux obstinément clos et c'est sans les ouvrir qu'il se mit à raconter, d'une voix que je ne lui connaissais pas, ses années de bagne.

« Il parlait d'une façon dolente, ingénue, des gardes-chiourme, des travaux exténuants, de la saleté, de la neige et surtout de ses fers.

« Il en avait gardé une épouvante secrète qui filtrait maintenant seulement et qui avait marqué sa mémoire comme d'une brûlure.

« — Ils étaient lourds et rouillés, disait-il. Je sentais qu'ils buvaient ma force. Alors je les frottais tout le temps pour les user. Je les frottais...

« Il se tut et ouvrit les yeux.

« A leur éclat trop proche, la jeune fille se rendit compte brusquement qu'ils étaient l'un à côté de l'autre et que leurs corps se touchaient.

« Elle eut un instant de confusion, retira doucement sa main, recula jusqu'au bord du divan.

« Makhno la regardait faire sans la retenir, mais je vis aussitôt qu'il avait repris son ancien visage.

« Elle s'en aperçut également et, enfin, elle eut peur. Moins de lui que d'elle-même, car, sans le vouloir, elle avait rompu en le touchant ce qui dès l'abord avait contenu le sauvage, cette sauvegarde que lui forgeaient sa jeunesse, sa fraîcheur et son intégrité.

« — Voudriez-vous m'indiquer un endroit où je puisse dormir ? demanda-t-elle en hésitant. J'ai très sommeil.

« — Dormir ! cria Makhno. Te moques-tu de moi, hein ?

« Ah ! l'accent habituel de cette voix qui avait été un instant changée.

« Je le retrouvai, mon *batko*, que j'avais cru séduit, dompté.

« Il revenait à lui, tout brûlant d'instincts bestiaux et plus farouche et plus dominateur que jamais. Je le suivais avec une attention voisine de la volupté tellement, à cette minute, je faisais corps avec lui.

« A l'instant même où se produisaient ses réactions, j'en saisissais la raison secrète, l'impérieux mobile, mais je ne pouvais les prévoir. J'étais comme son double à la fois clairvoyant et aveugle.

« Quel merveilleux raffinement de plaisir de ne savoir quel acte on va faire et d'en savoir, dès qu'il est accompli, les causes les plus cachées. Oui j'étais Makhno à ce moment-là, mais un Makhno conscient qui regardait agir l'autre, sans rien pouvoir sur lui.

« Il se jeta sur la jeune fille d'un vrai bond de bête, l'entoura de ses bras prenants, la saisit à la ceinture, aux seins, haussa sa bouche vers la sienne.

« — Laissez-moi, cria-t-elle, laissez-moi. Vous n'avez pas le droit.

« Mais lui la serrait de plus en plus fort et, tandis qu'elle levait la tête pour qu'il ne pût pas l'embrasser, il lui prit la nuque, la courba vers lui. Ce mouvement avait dégagé la main de la jeune fille.

« Sans hésiter, elle frappa Makhno au visage.

« Ce coup me retentit en pleine poitrine. J'eus peur, mais d'une crainte qui n'était pas individuelle, d'une crainte, comment vous dire, cosmique. J'eus peur pour nous tous, pour la ville, pour la terre.

« Makhno frappé à la joue !

« Il me semblait qu'il ne trouverait pas de châtiment à la mesure d'un pareil outrage, que sa fureur dépasserait la faible créature qui l'avait

provoquée et qu'il allait incendier le monde de sa
colère.

« C'est qu'il était vraiment effroyable à voir.
Après le coup qui l'avait atteint, il s'était détaché
de la jeune fille et se tenait au milieu de la pièce.

« Tout en lui était immobile, les épaules, les
bras, les yeux. Seules, les lèvres frémissaient à
peine, mais sur un rythme d'une vitesse folle. On
sentait que son cerveau travaillait à une cadence
plus rapide encore et que toutes les formes de
supplice défilaient devant lui, sans que dans sa
rage éperdue il pût en choisir aucun.

« Quels instruments de torture ne dut-il pas
entrevoir en ces quelques secondes ! Quelles
scènes de longues, minutieuses, délicieuses souffrances ! Faire suinter goutte à goutte cet exécra-
ble sang ! Faire souffrir pouce à pouce cette peau
misérable.

« Il chuchota enfin pour lui-même :

« — La faire rôtir, oui, la faire rôtir. Et voilà
tout.

« Un gémissement à peine perceptible lui
répondit. Il me rappela l'existence de la jeune
fille.

« En vérité, pendant quelques instants,
Makhno et sa fureur avaient seuls eu de la réalité
pour moi. Je regardai donc la jeune fille. Elle
pleurait. Je n'aurais pas cru la chose possible
tellement je l'avais vue jusque-là calme et fière.

« Mais sans doute avait-elle compris qu'après

son geste il n'était plus de miséricorde pour elle, qu'il fallait mourir. Et la mort, à son âge, on n'a pas eu le temps d'y penser beaucoup.

« Alors elle avait peur, vraiment, jusqu'au fond d'elle-même et pleurait d'épouvante.

« Mes yeux se portèrent sur Makhno pour voir son féroce triomphe.

« Mais tout son visage était plein d'une stupeur affolée. Je n'en compris pas tout d'abord la cause.

« D'un bref coup de tête il m'indiqua la jeune fille en murmurant :

« — Regarde, regarde.

« Elle avait couvert sa figure de ses deux mains, soit pour la protéger, soit pour cacher son désarroi.

« C'étaient les deux plus belles mains du monde, avec des poignets tout fragiles et filigranés de veines bleuissantes, avec des doigts si parfaits qu'ils semblaient en matière précieuse. Seuls les pouces étaient un peu gros, pas formés, comme les ont les enfants.

« A travers les doigts, des larmes glissaient. Elles coulaient l'une après l'autre, intarissablement, comme de petits serpents liquides. Et la chair était si pure qu'elle faisait briller les larmes et les larmes si brillantes qu'elles faisaient plus pure la chair.

« Longue fut la stupeur de Makhno et je sais qu'il connut alors cette chose innommable que j'avais sentie un peu plus tôt, cette chose molle et louche qui est la pitié.

« Dès lors je n'essayai plus de comprendre. Je vous dis ce que j'ai vu, tout simplement.

« Makhno s'avança vers la jeune fille, timidement, gauchement. Tous ses gestes étaient empreints d'une douceur malhabile mais d'autant plus puissante.

« Il prit les mains qui couvraient le visage en larmes, essaya de les baisser.

« Croyant qu'il allait la battre, elle se défendit faiblement.

« Il recula un peu, me jeta un regard désespéré comme pour me demander du secours dans cette circonstance où il ne savait comment agir.

« Je ne bougeai pas, cloué sur place par l'étonnement, la crainte et par quelque chose de plus fort encore que je ne pus démêler, que je n'essaye pas de démêler, car, si j'y arrivais, je me pendrais de honte et de dégoût, car plus stupide et plus attendri que moi en cet instant, je crois qu'il n'y a jamais eu d'homme sur cette idiote de terre.

« Ayant attendu quelques secondes, Makhno s'approcha de nouveau de la jeune fille. Mais cette fois, en lui prenant les mains, il dit :

« — Ne pleurez plus.

La tendresse de cette voix la bouleversa. Elle eut un sanglot si vif qu'il ressemblait à un râle et nous présenta son visage humide, éperdu.

« Visiblement, elle ne croyait pas encore à la

clémence du *batko*. Mais lui, sans la regarder,
souriait d'un sourire gêné, fautif, répétant :
« — Ne pleurez plus, ne pleurez plus.

« La mobilité des femmes est une chose ahuris-
sante. Ainsi celle-là, qui venait de se voir suppli-
ciée, reprenait déjà sa figure tranquille et triom-
phante. Bientôt ce fut elle qui consola Makhno.
« Elle l'entraîna doucement vers le même
canapé qui avait failli lui être funeste.
« — J'ai eu tort de vous frapper, dit-elle, mais
vous m'en avez bien punie. Nous sommes quittes.
Oublions tout cela.
« Il l'écoutait d'un air soumis, heureux. Et
c'était un peu écœurant de voir ce chef hardi et
sauvage livré sans défense aux mains d'une fillette.
« Je me rappelai la vieille chanson de Stenka
Razine, vous savez bien, celle qui dit comment
pour apaiser ses compagnons, le grand ataman
jette sa bien-aimée à la Volga.
« Ce n'est pas notre ataman à nous qui aurait
fait cela !
« Il nous aurait tous massacrés plutôt que de
toucher à la jeune fille qui l'avait frappé. Il était
impossible d'en douter un instant en l'entendant
demander d'une voix qu'il tâchait de rendre
indifférente :

« — Aimez-vous quelqu'un ?

« La jeune fille répondit très simplement :

« — Non. J'ai cru aimer, mais ce n'était pas vrai.

« Elle poursuivit avec la même sincérité, la même confiance :

« — A Kiev, un officier me faisait la cour. C'était un aviateur, très brave. Chaque jour de beau temps, il venait faire des acrobaties d'une hardiesse folle au-dessus de la maison que j'habitais. Je pense qu'il m'aimait vraiment et, pour dire toute la vérité, il mc plaisait beaucoup. Nous allions nous fiancer, mais brusquement il demanda un congé et partit.

« — Pourquoi ? demanda le *batko* qui avait suivi le court récit, les mâchoires terriblement crispées.

« — Parce qu'il avait appris que j'étais juive.

« D'un bond Makhno fut au milieu de la pièce.

« — Youpine, vous ? cria-t-il.

« C'était la dernière et peut-être la plus rude épreuve à laquelle il pût être soumis.

« Je vous ai dit combien il abhorrait les juifs. A cette détestation s'ajoutaient un mépris, un dégoût sans bornes. La plupart des antisémites que j'ai connus l'étaient par raisonnement. Makhno, lui, avait cela dans le sang.

« Était-ce atavisme, éducation, haine personnelle, moyen instinctif de fanatiser les masses ? Je n'en sais rien, mais je n'imagine pas qu'il puisse y avoir massacreur de juifs plus convaincu que lui.

« Et cette enfant qui le domptait avouait, paisiblement, qu'elle appartenait à la race qu'il aurait voulu écraser tout entière sous sa botte.

« — Jamais je n'aurais cru cela, dit-il, hébété.

« — Pourquoi ?

« — Vous êtes courageuse.

« Elle se mit à sourire tristement, puis dit à mi-voix :

« — Vous êtes tous pareils avec vos préjugés.

« Il la fixait d'un air égaré, comme pour bien se convaincre de la vérité de ses paroles et pour se résoudre à mettre l'étiquette de juive sur le visage devant lequel il se trouvait désarmé.

« Enfin il haussa les épaules, fit de la main un geste et vint se rasseoir auprès de la jeune fille.

« — Comment vous appelez-vous ? demanda-t-il soudain.

« — Sonia.

« Il eut comme un soupir de soulagement. Ce n'était pas un de ces prénoms qui lui faisaient venir l'écume aux lèvres : Rébecca, Sarah, Noémi. C'était un prénom de chrétienne.

« Avec la même brusquerie, il demanda :

« — Et voudriez-vous vous convertir ?

« Elle répondit, surprise :

« — Je n'y ai jamais songé.

« Il serra nerveusement le rebord du canapé, grommela entre ses dents :

« — Bien, bien, on verra.

« Puis, reprenant son ton ordinaire de commandement :

« — Assez bavardé. Au travail. Et vous, allez dormir. Il fait jour.

« Jusqu'au soir il ne fut plus question de Sonia. Makhno semblait l'avoir oubliée. Je demeurai tout le temps avec lui et je crois qu'il me gardait sans relâche à ses côtés pour que je ne puisse raconter à personne la nuit que j'avais vue.

« D'ailleurs l'occupation ne manquait pas.

« Le *batko* avait décidé de quitter Ekaterinoslaw avec son état-major le soir même, pour se rendre à Sinelnikovo où il devait réorganiser une partie de ses troupes.

« Il fallait donc charger le butin personnel de Makhno, pourvoir au ravitaillement de ses hommes pendant son absence, leur assurer une retraite en cas de retour possible de l'adversaire.

« La journée coula, rapide et fiévreuse.

« Makhno parcourait les rues de la ville. La mort s'attachait à ses pas, car pour distraire le front soucieux du *batko*, son escorte fusillait à bout portant ou foulait sous les sabots des chevaux tout ce qui se présentait de vivant sur son passage.

« Lui ne le remarquait même pas et j'étais le seul à savoir à quoi il songeait.

« Le soir venu il me dit :

« — Va chercher Sonia, nous partons.

« Jusqu'à la gare ils firent route dans la même voiture. Comme je les suivais à cheval, je pus observer que durant tout le trajet il ne lui dit pas un mot.

« Sur le perron, Kiiko vint à la rencontre du *batko* et dit, en montrant huit hommes défaits :

« — Officiers de Petlioura.

« — En morceaux et voilà tout, jeta machinalement Makhno en aidant Sonia à descendre de voiture.

« — Quoi ? Que dites-vous ? s'écria-t-elle.

« Et s'accrochant à son épaule, son visage près du sien, elle pria :

« — Non, je vous en supplie, ne faites pas cela. Regardez ces malheureux. »

« — Bon, chassez-les, au diable, qu'ils s'en aillent, libres », dit Makhno à son escorte.

Puis, sans se retourner vers Sonia, il gravit le perron.

« Il ne vit pas le regard dont la jeune fille l'accompagna, mais moi qui étais près d'elle, je sentis qu'à partir de ce moment, elle était à lui.

« Pensez donc, sur quelques mots d'elle, *huit* hommes avaient eu la vie sauve. Il y avait de quoi griser une fillette. Elle n'avait sûrement jamais rêvé ni d'un pouvoir pareil, ni d'un aussi royal cadeau.

« Le train de Makhno comprenait trois voitures. Lui occupait un wagon-salon. Son escorte se répartit dans les autres. Quant à Sonia un compartiment spécial lui fut réservé.

« Sur l'ordre du *batko*, j'allai lui rendre visite et lui annoncer que Makhno viendrait la voir sous peu.

« Cette fille était une vraiment bizarre créature. Elle devait occuper son compartiment quelques jours au plus, quelques heures peut-être. Elle s'y était déjà installée pour la vie...

« Des photographies, des cartes postales étaient accrochées aux parois. Un nécessaire à ongles s'étalait sur une banquette. Elle avait couvert la table d'un grand mouchoir rose. Déjà le samovar chantait.

« Je n'assistai pas à l'entretien qu'eut ce soir-là Makhno avec elle, mais tous les deux me l'ont raconté depuis.

« En tout cas, la scène est facile à imaginer.

« Le train court parmi les steppes de l'Ukraine. Dehors, c'est la nuit profonde et neigeuse, pleine de hasards, de périls. Dans le compartiment de Sonia il fait chaud, odorant. Makhno est là, avec ses longs cheveux, sa bouche d'acier, ses yeux immuables, sa haine universelle et qui ne connaît point de satiété.

« Elle, elle croit à toutes les stupidités : à la joie de vivre, à la bonté, au pardon, à l'amour.

« Et il flanche, il maquille de générosité sa soif

de meurtre. Il fait tout passer sous le pavillon de l'anarchie. Ah ! c'est un beau mot, l'anarchie. Il explique aussi bien les travaux de cabinet, les rêves les plus suaves que les plus magnifiques carnages.

« Sonia crut Makhno.

« Cela ne m'étonne pas. Il n'avait aucune éloquence, mais une force de persuasion singulière, ce magnétisme propre aux meneurs des foules.

« Que de fois l'ai-je entendu parler devant des paysans qui ne comprenaient rien aux paroles qu'il prononçait. N'importe. Il était là, sur l'estrade, son bonnet de fourrure enfoncé jusqu'aux sourcils, avec son regard qui transperce, ses gestes saccadés. Et il les fanatisait si bien que les femmes sanglotaient, que les hommes étaient prêts à tuer et à mourir et que, sa voiture ayant disparu à l'horizon, ils hurlaient encore, enivrés :

« — *Batko ! batko !* notre *batko !*

« Quoi de surprenant à ce que Sonia ait vu également en lui un homme dévoué au peuple, le sauveur des moujiks, le martyr de Sibérie qui vengeait sur les riches et les seigneurs les souffrances que lui et ses frères avaient subies.

« Leur conversation dura jusqu'au matin.

« Quand la fatigue surprit la jeune fille, elle demanda à Makhno de se retirer. Il le fit sans mot dire, mais se tourna et se retourna longtemps dans son lit avant de pouvoir s'endormir.

« Je pense, tout de même, que, malgré son
envoûtement, le *batko* ressentit quelque humiliation d'avoir été une fois encore éconduit.

« Arrivé à Sinelnikovo, pendant trois jours il ne
s'occupa plus de Sonia. Il est vrai qu'il avait une
nouvelle campagne à préparer, mais le fait qu'il
ne se rendit pas une seule fois dans le compartiment de la jeune fille (car nous continuions à
loger dans le train) je ne peux l'attribuer qu'au
dépit.

« Elle s'ennuyait mortellement et souffrait —
cela est sûr — de se voir abandonnée. Par désœu-
vrement elle lia connaissance avec les gens de
l'escorte. Tour à tour elle les séduisit tous.

« Même Kiiko, ce gorille, lui envoyait des
cadeaux et la table de Sonia était toujours char-
gée des jambons les meilleurs, des vins les plus
choisis.

« Elle recevait chez elle les favoris de Makhno
et comme la femme la plus chaste n'est jamais
insensible aux beaux garçons, c'était Liatchenko,
le matelot aux bottes lacées, qu'elle invitait le
plus souvent.

« Je ne crois pas que Makhno se fût aperçu de
cette préférence, car il ne l'eût pas tolérée. Seulement un matin, comme il travaillait avec moi
dans son wagon, Sonia passa devant ses fenêtres,
accompagnée de Liatchenko.

« Il faisait beaucoup de soleil, mais très froid.

La jeune fille cachait son menton dans son col de fourrure.

« Il y a toujours une sorte de provocation sensuelle dans ce geste.

« Le beau matelot voulut-il mieux voir le visage de Sonia ? Il se pencha légèrement vers elle.

« Sur les traits de Makhno qui suivait tous les mouvements des jeunes gens une ombre violente passa.

« Je ne m'étais pas encore remis du coup de poing dont il m'avait écarté qu'il était déjà sur la plate-forme du wagon. Ses yeux farouches ne quittaient pas Liatchenko. Sa main, trop fiévreuse, cherchait en vain à dégager l'énorme colt qui pendait à sa ceinture.

« Sans attendre davantage, il sauta sur le sol. Ses doigts n'avaient pas quitté la détente, le coup partit. Le matelot chancela comme s'il avait été frappé à mort.

« Mais le revolver était toujours à la ceinture du *batko* et la balle n'avait fait que traverser sa propre pelisse en lui éraflant le genou.

« Un peu de sang parut.

« Liatchenko se jeta vers lui, mais un tel coup de pied à la poitrine l'accueillit qu'il roula dans la neige.

« Le bruit avait attiré toute l'escorte de Makhno aux portières du train.

« Moi, je n'avais de regard que pour Sonia.

« Elle se tint d'abord raide et blanche comme pétrifiée. Soudain elle courut vers le *batko*, l'entoura de ses bras amoureux, et, avec des sanglots, des rires, des mots sans suite, se mit à baiser la face sauvage, toute tremblante de jalousie et de fureur.

« Tout le monde se taisait.

« Alors Makhno écarta très doucement Sonia, monta sur la plate-forme de son wagon :

« — Frères, dit-il avec solennité, je me marie. Voici ma femme devant la loi. Et voilà tout ! »

« Le même jour, notre train quittait Sinelni-kovo toute vapeur dehors, et, brûlant toutes les étapes, filait vers Champ-la-Noce.

« Le lendemain, Sonia était baptisée.

« Et le jour suivant, qui était un dimanche, Makhno se maria.

« Ah ! Dieu vivant, quelles épousailles ! Le mariage du *batko* chez lui, à Champ-la-Noce ! Il en avait vu des fêtes et des orgies ce village. Mais de celle qui eut lieu à cette occasion les vieux en parleront à leurs petits-enfants de siècle en siècle.

« De la maison de Makhno à l'église, la route était couverte des tapis les plus rares.

« A Boukhara, en Perse et en Turquie, on les avait tissés patiemment. Ils avaient embelli les magasins et les demeures de riches cités.

« Maintenant les chevaux du *batko*, de la jeune juive et de leur suite les foulaient au galop.

« A l'église chantait un chœur magnifique qui avait été ramené, carabine au poing, et par train spécial, de la ville la plus proche. Et le vin coulait des barriques en perce et les fusils crépitaient vers le ciel.

« La ripaille dura dix jours.

« Durant dix jours, nul n'osa s'aventurer à dix verstes à la ronde de Champ-la-Noce. Car les artilleurs de Makhno, gorgés d'alcool, affolés d'insomnie, tiraient sans arrêt le canon à charges de guerre pour célébrer le mariage de leur *batko*.

« Pour les remercier, il les nomma citoyens libres de la république anarchique de Champ-la-Noce. »

Le conteur se tut.

Midi sonnait à l'horloge du restaurant où quelques hommes fripés mangeaient en silence.

A la table de mon ami, ayant appuyé son front entre ses deux poings d'assommeur, Stiopa le cosaque dormait. On ne voyait de lui que de vastes épaules qui tendaient sa tunique écarlate et un cou large et blanc fait pour les baisers et les coups de couteau.

*Le thé du
capitaine Sogoub*

Le docteur sommeillait devant le feu, dans le fauteuil rouge de la salle à manger. Un livre reposait sur ses genoux.

De sa tête inclinée n'était visible que le front très large et très haut, marqué en plein milieu d'une seule ride, mais si profonde qu'elle semblait une entaille de sabre. Les sourcils étaient gris, les cheveux touchés d'argent. Le torse bref, lourd, tassé, avec l'épaule gauche plus basse que l'autre, disait la fatigue de l'âge et de la maladie. Le veston sombre luisait aux coudes. Mais la lumière s'attardait davantage sur le front.

La fenêtre, bien que soigneusement close, laissait filtrer la rumeur d'un quartier populeux de Paris. C'était un dimanche d'hiver, l'après-midi. Comme il y avait peu de soleil, chacun de ses rayons paraissait plus précieux.

Instinctivement, le docteur tournait vers eux son visage endormi. Il aimait la clarté, la chaleur.

Malgré le mal toujours au guet dans sa poitrine, qui le forçait à calculer chacun de ses mouvements économes, il était d'âme fraîche. La vie ne lui avait guère épargné les coups. Il la chérissait. Le commerce quotidien des philosophes et des auteurs sceptiques, son savoir qui était grand, son expérience assez désabusée n'avaient pu étouffer son appétit de bonheur. Le docteur était à la fois sage et naïf.

Sa femme entra. Elle avait ouvert la porte très doucement, mais sans que cette douceur vînt de sa volonté. C'était une habitude. Comme son pas silencieux, comme son regard attentif, elle puisait sa source dans les soins qui, depuis vingt années, protégeaient son mari de leur efficacité.

Voyant le docteur assoupi, Marie Lvovna demeura quelques secondes sur le seuil, présentant au soleil une figure pleine de mélancolie orientale et de beauté. Une existence tissée exclusivement de labeur, d'inquiétude, n'avait pas, en effet, réussi à vaincre le charme des yeux, la fierté du front, et, dans tout le corps, une noblesse simple, pure. Sans doute le teint était jauni, les paupières molles, mais une bonté plus poignante rayonnait de tant de lassitude.

D'une oreille instruite à percevoir le moindre souffle suspect, la femme du docteur l'écouta dormir. Bien qu'un peu sifflante, la respiration était régulière. Rassurée, Marie Lvovna vint remettre sur les épaules de son mari une pèlerine à carreaux bleus et roux qui avait glissé à terre. Chacun de ses gestes était empreint d'une adresse, d'une vigilance maternelles. Mais si légers qu'ils fussent, ils éveillèrent le docteur.

Machinalement il reprit d'une main son livre, de l'autre tira sa montre.

— Déjà trois heures, dit-il. Nous sortirons bientôt, n'est-ce pas, maman ?

Marie Lvovna hocha la tête.

— Il ne fait pas trop froid ? demanda-t-elle.

— Non, non, le soleil chauffera encore une heure ou deux. Et je me sens très bien aujourd'hui, je t'assure.

Chaque dimanche, en hiver, la même lutte inavouée recommençait entre le docteur et sa femme. Elle, redoutant l'effet de la saison sur le cœur trop friable, essayait d'empêcher qu'on sortît. Lui, trop jeune pour un corps trop vite délabré, ne pouvait se résigner à perdre quelques heures d'air et de lumière, aussi parcimonieuse qu'elle fût. Le dimanche après-midi était — tout au long d'une semaine occupée par les malades — la seule portion de journée qui demeurât libre. Ce bien précieux, le docteur entendait en profiter.

— Où irons-nous ? demanda Marie Lvovna.

La question, elle aussi, n'était point neuve. Ils n'avaient guère d'amis, encore moins d'argent. Leur famille et leur fortune étaient restées en Russie, et la révolution avait tout emporté.

Eux-mêmes, bien qu'établis en France depuis vingt ans, n'avaient pu se façonner aux mœurs ni aux hommes. Ils connaissaient chaque pierre de Paris, mais sentaient qu'elles ne leur appartenaient point.

— Nous prendrons le tramway jusqu'au Trocadéro, dit le docteur. Puis nous marcherons un peu.

— Bien, mais tu mettras ton manteau fourré.

Marie Lvovna avait cédé sans déplaisir. Malgré ses craintes, elle aimait la triste douceur de leurs promenades. Ils allaient sans but, parlant peu. Et qu'auraient-ils eu à se dire après une si longue vie et si mêlée ? Clairs tous deux, sans réticence ni secret, ils n'étaient que le prolongement l'un de l'autre. Mais tout leur amour, loyal, profond, jamais discuté, marchait à côté d'eux, de ses pieds invisibles, sur le gazon des jardins qu'ils préféraient.

Le docteur quitta son fauteuil. Légèrement plus petit que sa femme, il était tout en largeur. Son nez camus, sa bouche épaisse, ses moustaches tombantes lui donnaient une apparence de vieux chef mongol ; mais le front immense rendait séduisant le visage disgracié et faussement sévère. Dans les mains un peu molles, il y avait une faiblesse qui touchait.

L'œil gauche, complètement aveugle, ne brillait plus. L'autre, à peine visible sous la lourde paupière, pleine de patience, de sagesse, était également menacé, et le docteur disait parfois avec un sourire qui faisait mal :

— Bientôt, comme les aigles, je pourrai regarder le soleil en face.

Mais, en cet instant, il ne pensait pas à la terrible faveur que lui réservait peut-être le destin. Tout au désir d'être dehors, il montrait une hâte ingénue.

— Allons, maman, s'écria-t-il, un peu de thé, vite, et sortons.

Marie Lvovna se dirigeait vers la cuisine, quand un coup de sonnette retentit.

Le docteur et sa femme se regardèrent.

— Si c'est un malade, murmura-t-il, dis que je ne suis pas là. Ils exagèrent vraiment. J'ai reçu depuis huit heures.

— Et si c'est un hôte ?

— Tant pis ! Nous sortons. Qu'on revienne ce soir. Regarde, il fait de plus en plus beau.

L'antichambre était obscure. Marie Lvovna ne put distinguer les traits du visiteur. Elle remarqua simplement qu'il était de haute taille et se tenait tout près de la porte entrouverte, comme retenu par le palier.

— Le docteur ne reçoit pas, dit-elle en français.

N'obtenant pas de réponse, elle répéta la même phrase en russe. L'homme, alors, murmura :

— Je ne suis pas malade.

D'une voix brève, rude et qui portait la trace d'un effort violent, il ajouta :

— Je voudrais me chauffer.

Ces mots parurent le libérer de sa gêne. Il fit un pas en avant, si résolu que Marie Lvovna s'écarta sans le vouloir.

— Je voudrais me chauffer, répéta le visiteur d'un timbre plus naturel.

Marie Lvovna, qui avait beaucoup souffert en silence, s'étonnait malaisément.

— Venez avec moi, dit-elle.

Ils passèrent dans le salon. C'était une pièce étroite où quelques fauteuils dorés, des lithographies, des magazines pour les malades, et une pendule enlacée par deux femmes qui tenaient des harpes, régnaient modestement.

Des braises achevaient de mourir dans la cheminée.

L'homme se pencha vers l'âtre, les mains tendues et Marie Lvovna vit qu'à droite manquaient deux doigts.

La porte s'entrouvrit doucement. Une petite chatte entra, gris et blanc, plate de tête, à longs poils. Sa queue flottait ainsi qu'un panache. Elle avançait à foulées hautaines, forte de sa race précieuse, de sa grâce parfaite, et vint se poser comme un oiseau hiératique, devant le feu, près du visiteur. L'humble pièce en devint tout à coup luxueuse.

La bouffée des braises pénétrait le visiteur et la chatte de la même tiédeur animale. Sans un mot, Marie Lvovna les regardait se chauffer.

Enfin l'homme tressaillit.

— Pardon, dit-il, j'avais oublié.

Puis, se redressant de toute sa hauteur, joignant les talons et les bras collés aux flancs :

— Permettez que je me présente : Alexandre Dimitrich Sogoub, capitaine de la division sauvage.

Il avait parlé d'une haleine, automatiquement, et comme raidi par la sonorité même de son grade. Mais à peine eut-il achevé qu'un malaise fonça la couleur claire de ses yeux. Marie Lvovna, suivant leur regard, aperçut des souliers ravagés, souillés jusqu'aux chevilles, qu'un pantalon trop court découvrait entièrement.

— Heureusement, dit Sogoub, la boue cache les trous.

Marie Lvovna ne fut point dupe de cet étalage de dénuement. Trop de quémandeurs étaient venus à elle pour qu'elle ne distinguât pas sur-le-champ la qualité de leur déchéance. Celui-là ne vivait point d'accord avec sa misère. Elle le suivait comme un corps étranger. Il la fardait de cynisme, mais gauchement. Et Marie Lvovna se demanda ce qui lui était plus pénible à voir : cet orgueil encore vif ou l'abandon complet de tant d'autres.

Rien ne parut de sa pitié dans le sourire avec lequel elle proposa :

— Asseyez-vous, capitaine, je vous en prie.

Il se laissa glisser dans un fauteuil, et, aussitôt, ramena ses jambes de façon à cacher ses chaussures.

Il y eut un silence assez long.

— Excusez-moi une seconde, dit Marie Lvovna. Je reviens.

Elle avait pensé tout à coup qu'il lui fallait demander conseil à son mari. Si, malade, il était son enfant, il demeurait — pour le reste de l'existence — le guide. Elle avait de l'intelligence et de la sagesse du docteur une idée si haute qu'elle ne pouvait admettre qu'elle lui fût supérieure en rien, même en bonté.

Cette abdication parfaite ne lui coûtait aucun effort, car elle se jugeait née uniquement pour servir, et comme, de toute sa vie, elle n'avait eu de pensée qui fût pour elle, il lui semblait naturel qu'on la dirigeât.

Le docteur, qui trouvait toujours les journées trop rapides, était penché sur son livre. Entendant le pas de Marie Lvovna, il demanda sans lever la tête :

— Un malade ? A qui tu n'as pas eu le courage de refuser ! Je vais le recevoir.

Puis, animé et tapotant la page qu'il achevait :

— Il y a là un sacrifice humain au Mexique, vraiment extraordinaire. Figure-toi qu'ils faisaient un dieu de celui qu'ils allaient tuer.

Marie Lvovna contempla les épaules voûtées, la nuque envahie de cheveux blancs, admirant une fois de plus qu'il y eût tant de jeunesse et de passion dans cette voix dès qu'elle parlait d'événements hors de la vie.

— Ce n'est pas un malade, dit-elle, mais un malheureux.

— Ah ! je préfère. Nous sortirons plus vite. Donne-lui ce que tu voudras.

Marie Lvovna tendit la main.

Le docteur sourit, ce qui répandit une étonnante candeur sur son visage.

— Tu n'as toujours pas d'argent sur toi, s'écria-t-il avec tendresse. Quand donc comprendras-tu que tu es majeure ?

Il fouilla dans les poches de son gilet et dit :

— Je n'ai pas de monnaie. Tant mieux. Je ne serai pas tenté de mesurer.

Sortant de son portefeuille un billet, il le donna à Marie Lvovna, qui dit :

— Tu sais, Minoche a profité de la visite pour aller au salon.

Le docteur hocha la tête avec attendrissement. La chatte gris et blanc était sa grande faiblesse.

Le capitaine Sogoub ne remarqua point que Marie Lvovna était revenue. Il se tenait tourné vers la fenêtre, debout, haut et fin.

Marie Lvovna pensa qu'il examinait simplement la rue et pourtant n'osa l'appeler. Il y avait un étrange tressaillement dans les épaules du capitaine. A la façon dont ses coudes étaient repliés, on voyait qu'il pressait très fort sa poitrine. Sans savoir pourquoi, Marie Lvovna détourna les yeux, comme honteuse d'avoir, par surprise, découvert un intime, un inviolable secret. Elle eut l'impression que cet homme au dos tourné se livrait inconsciemment à elle et qu'il ne se le pardonnerait point.

Un instant, elle eut la tentation de laisser seul le capitaine, qui, quoique à la fenêtre, ne regardait rien, elle en était sûre maintenant. Mais la chatte, quittant le feu, vint s'étirer contre le bas de sa robe et miaula faiblement.

Le capitaine se retourna d'un bloc, voulut essuyer deux larmes arrêtées aux coins de sa bouche pâle, comprit qu'il n'était plus temps.

Sa main mutilée s'arrêta à hauteur de la gorge, et, machinalement, se mit à frotter le col de la vareuse militaire. Il voulut parler, trouver une plaisanterie, mais, soudain, un si triste regard le baigna qu'il n'éprouva plus ni honte ni regret d'avoir été vu pleurant. Une douceur profonde lui vint au contraire, une douceur enfantine qui s'enivrait de sa propre faiblesse et de son impuissance.

Ce fut avec une voix d'enfant blessé qu'il dit :

— Vous comprenez, n'est-ce pas ? Cette gaieté, ce dimanche, ces gens qui se reposent... Pourquoi, pourquoi ?

Marie Lvovna répondit très bas :

— Même pour nous qui sommes ici depuis longtemps, il en va de même.

Elle avait exagéré son sentiment de solitude, réel, mais affaibli par le frottement des années, sachant que rien ne pouvait consoler davantage le capitaine que de voir son tourment partagé. En outre, cela donnait à Marie Lvovna un délai pour le geste d'aumône qu'elle avait à faire et qui lui apparaissait tout à coup difficile, presque impossible.

Le billet, froissé au creux de sa paume, la brûlait. Comment le tendre à cet homme qui ne parlait que de détresse morale ?

Pourtant, il fallait se hâter. Elle comprenait qu'en prolongeant l'entretien elle nouait une intimité qui rendait plus pénible encore, plus humiliante, sa charité. Et puis son mari n'attendait-il pas avec une impatience touchante l'instant de leur promenade ?

— Capitaine, dit-elle timidement, voilà qui pourra vous aider un peu.

Son bras, avec gaucherie, ébaucha un mouvement vers Sogoub, mais, aussitôt, retomba. Le capitaine avait reculé si brusquement que sa tête cogna la vitre. Des taches rouges avivaient ses joues encore humides. Son visage ne portait ni colère ni révolte, mais une supplication désespérée.

— Par pitié, non ! chuchota-t-il. Ce n'est pas cela que je voulais. Croyez-moi.

Il s'arrêta, le souffle court, comme après une montée violente, et reprit :

— Ne vous offensez pas, au nom du ciel ! Je comprends, vous avez l'habitude. Mais moi, pas... Pas encore, du moins. Je voulais me chauffer vraiment. Ce n'était pas un subterfuge. Me chauffer. C'est tout. Je ne mens pas. Vous le voyez bien.

N'attendant point que Marie Lvovna répondît, il continua, pressé de dissiper par des explications un doute qu'il croyait encore possible et qui le déchirait :

— Je tombais de froid, il a gelé cette nuit.

Alors, en passant devant votre maison, quand j'ai
vu la plaque d'un docteur russe, je n'ai pu me
vaincre. Une telle envie de chaleur, de paix !... Je
n'ai pas un coin familier ici... Mais de l'argent,
non, non, pas encore...

Marie Lvovna serra plus étroitement sa main
comme pour dissoudre le billet dans cette pression. Sogoub n'entendit pas l'imperceptible
froissement du papier, mais il parut à Marie
Lvovna d'une effroyable sonorité qui emplissait
la chambre d'un bruit insultant. Elle dit, très
vite :

— Reposez-vous près du feu, Alexandre Dimitrich.

Il s'inclina, courbé par une gratitude infinie.
Depuis si longtemps, il ne s'était entendu appeler par son nom, pareil aux autres, qui faisait
partie d'un groupe défini, d'homme que l'on
connaissait, qui avait une famille, des amis. Le
sang, dans ses veines, courut plus franc, et il
s'écria :

— Merci, je n'ai plus froid du tout !

Ce cri l'accabla. Puisqu'il avait atteint le but
qui l'avait poussé, malgré sa volonté, dans ce
logis, puisqu'il l'affirmait, quelle raison avait-il
de prolonger une visite importune ? Il lui fallait
partir. Et il avait si peur de la rue, de son
mouvement étranger, de ces milliers de figures
dont aucune ne pouvait lui sourire, ni même le
reconnaître !

Il comprit seulement alors que son obscur instinct lui avait fait chercher moins un feu qu'un foyer, fût-il fugitif. C'était la véritable aumône qu'il demandait.

Mais comment exprimer ce désir effréné, misérable ? Une telle prière ne se formulait point.

Il avança la main vers la loque qui lui servait de chapeau, mais la pensée de s'enfoncer de nouveau dans la foule sous ce pavillon lamentable lui fut trop cruelle. Que trouver pour demeurer encore une minute, une seconde, au milieu de ce salon banal qui lui était devenu affreusement cher ?

Sans regarder les lithographies qui, dans leurs cadres dédorés, illustraient pauvrement des sujets moraux, il murmura :

— J'aime beaucoup ces peintures.

Avant même qu'il n'eût prononcé cet éloge pitoyable, Marie Lvovna avait deviné le capitaine. Mais elle balançait entre le désir d'accorder à cet homme la joie humble qu'il mendiait et le regret d'enlever à son mari malade, harassé par une semaine de labeur, la promenade qu'il aimait tant. En son cœur, qui aurait voulu secourir chacun, le débat fut bref, mais vif. Par sa phrase, le capitaine l'emporta.

— Vous devez m'excuser encore, dit Marie Lvovna. Il faut que j'aille préparer le thé. Vous nous ferez bien le plaisir de le prendre avec nous ?

— Non, je vais vous gêner... Vraiment, je ne sais...

Mais il eut si peur de voir sa protestation admise qu'il n'acheva pas et s'assit.

— Il est encore là ? demanda le docteur avec un peu d'impatience. Nous ne sortirons donc...

Il s'arrêta, car tout le visage de sa femme, si calme à l'ordinaire, était traversé d'une émotion, à peine visible sans doute, mais que lui, habitué au frémissement de chacun de ses traits, devinait brûlante.

— Écoute, il ne faut pas m'en vouloir, dit Marie Lvovna. Je l'ai invité à prendre le thé.

Comme il haussait légèrement les épaules, elle poursuivit, pressante :

— Je sais bien, cela nous retardera un peu. Mais si tu l'avais entendu, vu ! Il n'est pas comme les autres. Abandonné, perdu, il a besoin d'amitié, besoin à en mourir.

Elle se rappela que dans sa paume crispée reposait encore le billet que lui avait donné son mari.

— Tu vois, dit-elle, en le lui remettant, il a

refusé. Ce n'est pas un malheureux ordinaire.

Le docteur ferma son livre, et, après une longue pause :

— Ma pauvre maman tu es incorrigible !

Elle ne sentit pas combien d'admiration se cachait derrière cette apparence de reproche. Joyeuse de voir son mari accepter elle eut un très jeune sourire, et lui, honteux d'avoir hésité, dit d'un ton maussade :

— Tu finiras par me rendre aussi naïf que toi. Je vais tenir compagnie à ton invité.

Le docteur avait peur d'affronter la misère qui l'attendait au salon. Ce n'était point par manque de bonté. Un pauvre ordinaire, il savait comment le traiter. Mais celui-là, plus que de son dénuement, souffrait d'humiliation, et le docteur avait l'esprit trop éveillé, la sensibilité trop critique pour ne point partager une gêne qui le paralysait. Il mesura une fois de plus combien, pour les actes de foi, de charité, de dévouement, l'intelligence était encombrante.

Ce fut en y réfléchissant qu'il tendit la main à Sogoub. Le capitaine s'était redressé. L'abandon heureux où il s'était trouvé après le départ de Marie Lvovna imprégnait encore son maigre visage. Mais, déjà, la mollesse du repos quittait ses yeux.

Il était en présence d'un homme, et cet homme avait beau être âgé, très modestement vêtu, il avait beau montrer l'accueil le plus débonnaire, le capitaine Sogoub ne pouvait, devant lui, se laisser aller à sa faiblesse. Une sorte de rivalité virile le raidit, et même, l'espace d'un instant, il fut fier d'opposer à celui qui lui offrait une hospitalité humiliante, mais de corps ruiné, un torse jeune, des muscles sains.

Cependant le docteur, ayant senti sur sa main une pression étrangement incomplète, vit la cicatrice des deux doigts absents. Heureux de trouver un début naturel à l'entretien, il demanda :

— Une blessure ?

— Non, répondit Sogoub, ce n'est pas la guerre qui me les a enlevés, mais une fabrique où j'ai travaillé à Vienne. La guerre m'a seulement touché là...

Il montra sa jambe gauche.

— Et les bolcheviks là...

Il indiqua sa poitrine.

— La blessure des rouges n'a pas eu le temps de guérir tout à fait, poursuivit-il. Quand je me livre à un mouvement un peu vif, elle s'ouvre.

— Voulez-vous que je la regarde ?

La voix du docteur avait pris par réflexe l'accent paternel, à la fois amical et bourru, pour lequel ses malades l'aimaient tant. Le capitaine Sogoub y fut sensible.

— Volontiers, docteur, si cela ne vous ennuie point, dit-il. Je vous avouerai que, de temps en temps, cette plaie m'inquiète.

Il allait ouvrir sa vareuse, quand ses doigts s'écrasèrent sur les boutons.

— Au fond, cela ne vaut pas la peine, murmura-t-il, soudain crispé. J'avais oublié qu'elle ne me fait plus mal depuis six mois.

Le docteur n'insista pas. Il avait eu la vision d'une chemise en guenilles. Mais la gêne qu'il ressentait si fort, et qu'un commencement heureux de conversation semblait avoir écartée, pesa sur eux. Il n'avait point, pour la rompre, l'élan direct de sa femme et cherchait avec trop de lucidité des paroles qui ne fussent pas blessantes.

La chatte vint le tirer d'embarras en sautant brusquement sur les genoux du capitaine. Celui-ci, caressant de sa main estropiée la tête chaude, dit en souriant :

— Elle est bien belle.

Ils se turent de nouveau, sans malaise cependant. Un rayon de soleil, large et plat, dormait sur le tapis. Le docteur ne put vaincre un regret.

Marie Lvovna les appela bientôt.

Dans la salle à manger il faisait plus chaud encore. Un poêle de fonte grondait avec nonchalance, et, sur la table, un samovar chantait.

— Comme vous avez eu raison de le garder! s'écria Sogoub. Un samovar! Et pourtant vous êtes de vieux Parisiens, n'est-ce pas?

— Pas loin de vingt années, dit le docteur. Nous sommes partis après la révolution de 1905, exilés.

— Ah! oui..., murmura le capitaine.

Une ombre passa sur ses traits.

Le docteur n'eut pas besoin d'approfondir davantage. Sogoub haïssait tous ceux qui, de près ou de loin, avaient attaqué l'ancien régime. Le docteur se rappela le mépris dans lequel il avait lui-même tenu, au temps de sa jeunesse, les privilégiés qui, maintenant, expiaient. Il sourit avec une indulgente tendresse à ses passions d'alors. Il savait qu'elles étaient nobles; il les aimait toujours, mais n'y croyait plus guère.

— Allons, capitaine, ne pensons plus à la politique, dit-il. Je suis émigré de 1905. Vous de 1925. Nous sommes quittes.

Marie Lvovna versa le thé, il avait une belle couleur, puis avança vers Sogoub des tranches de pain noir et le beurre.

Il se mit à manger. Le souci qu'il avait de dissimuler sa faim lui gâtait la joie de l'assouvir.

Sans le docteur, il eût dévoré hardiment, mais la présence d'un homme, et qui, par surcroît faisait partie de ses ennemis de caste, le rendait maladivement susceptible. Pourtant, peu à peu, cette raideur fondait sous le regard de Marie Lvovna.

Et puis, la pièce était si tiède, si close, si propice. Le temps et la misère suspendaient leur action vigilante entre ces murs où deux âmes fatiguées achevaient mélancoliquement mais noblement, de vivre.

Le capitaine Sogoub se sentit très paisible, très pur, comme au seuil du sommeil et de la mort. Des mots qu'il ne contrôlait pas lui échappaient.

— Que c'est bon, mon Dieu! Vous ne pouvez pas savoir. Après cette nuit horrible, être ici!

Il fixa longuement les deux visages attentifs tournés vers lui, baissa la tête, reprit:

— Je suis arrivé jeudi dernier avec très peu d'argent. Hier je n'avais plus rien. Pas de travail. Le jour, on s'arrange encore. Il y a les musées.

Mais la nuit, quand tout ferme, où aller ? De banc en banc, de rue en rue. Avec la crainte de la police, car je n'ai pas de papiers. Et il faisait froid, froid ! Je n'ai jamais autant gelé.

Le docteur et sa femme n'osaient pas se regarder. Le malheureux oubliait visiblement que, cette nuit même, il lui faudrait reprendre sa course. Pour ne pas lui laisser le temps d'appréhender l'implacable perspective, le docteur s'écria :

— Pourtant, à la guerre, l'hiver était rude aussi !

— Sans doute, répliqua Sogoub, avec vivacité. Mais j'étais vêtu et mes *sauvages* me soignaient.

— Vous étiez dans leur division !

— Mais parfaitement, docteur ! Et dans le plus fier régiment. Le plus brave. Il ne fallait pas avoir peur pour y commander. Savez-vous quel était le seul moyen de tout obtenir des soldats ? Rester debout sous la pire mitraille, tandis que les hommes se couchaient. Alors ils disaient : « C'est un chef, un Djiguite. » Et l'on pouvait leur faire prendre une batterie, les mains nues.

Le docteur pressa de questions le capitaine :

— Vous aimiez beaucoup ces montagnards, n'est-ce pas ? Mais les connaissez-vous bien ?

— Vous plaisantez, docteur ! J'ai passé quatre ans au Caucase. Le merveilleux pays ! Qu'il y faisait bon vivre ! Les fruits pour rien, le vin pour rien, des filles splendides, des chevaux sans pareils ! On allait parfois en expédition, car, vous l'ignorez peut-être, il y avait encore des tribus rebelles. Mais les fiers ennemis ! On avait plaisir à se battre.

Il respira à longs traits, la poitrine tendue, le col droit, si guerrier malgré ses haillons que le docteur l'imagina vêtu de la tcherkesska ceinturée de cartouches et courbant sa taille de jeune fille sur l'encolure d'un cheval sauvage.

Maintenant, Sogoub mangeait par bouchées avides. Ses lèvres avaient un mouvement de bête de proie. Marie Lvovna l'écoutait peu, mais le servait sans cesse. Il la remerciait sans s'en apercevoir, tout possédé par des images trop belles.

— Non, docteur, s'écria-t-il, vous ne pouvez même pas soupçonner ce qu'était cette terre ! Et si vieille, si vieille en même temps. Songez qu'il s'y trouve encore, dans des bourgs perchés près des nids d'aigles, des adorateurs du soleil.

Le docteur, soudain passionné, se tourna vers Marie Lvovna.

— Tu entends, dit-il, tu entends, maman, comme au Mexique ! Des adorateurs du soleil !

Ce dernier mot lui fit porter les yeux vers la fenêtre. Des rayons mourants la transperçaient avec peine.

Le docteur songea qu'il lui faudrait attendre une semaine entière pour pouvoir sortir. Le sacrifice lui parut trop grand.

— Moi aussi, dit-il avec bonhomie, j'adore le soleil. C'est que sans doute, capitaine, je suis aussi vieux que vos Caucasiens ou que mes Aztèques. Ne m'en veuillez pas de vous abandonner. Je vous laisse en de bonnes mains.

Sa femme l'aida à s'habiller, puis Sogoub entendit le bruit d'un baiser.

Marie Lvovna revint soucieuse. Elle n'aimait point que le docteur allât seul, avec sa maladie et sa distraction, par les rues. Mais, voyant que le capitaine ne mangeait plus, elle demanda :

— Vous n'avez plus faim ?

— Non, vraiment. Je me suis rassasié. J'en avais besoin.

Dès qu'il se retrouvait face à face avec Marie Lvovna, tout son orgueil tombait. Il éprouvait un sentiment d'humilité heureuse, de nudité confiante. Pourtant, il essaya de reprendre le cours de son récit :

— Je disais qu'il y a là-bas des religions inconnues...

Mais il sentit soudain que ses paroles sonnaient faux, que tout ce qu'il pourrait raconter du Caucase n'offrait aucun intérêt, ni pour cette femme si pensive et si triste, ni pour lui-même. Il comprit qu'il avait voulu montrer au docteur qu'il avait été un homme ardent, heureux, forcer par là son respect, mais cet effort était maintenant inutile.

— A quoi bon rappeler tout cela ? murmura-t-il. Ces choses se passaient sur une autre planète. Et notre maison à Toula, notre domaine, nos fêtes... tout...

A son tour, il regarda par la fenêtre. Déjà les cafés s'allumaient et le crépuscule était suspendu comme une menace. Sogoub frissonna légèrement.

— Il va falloir que je parte, dit-il.

Son ton absorbé eût pu laisser croire qu'une affaire urgente l'appelait dehors.

Marie Lvovna songea qu'il n'avait ni gîte ni nourriture, qu'il ne connaissait personne et que la nuit s'annonçait très froide.

— Vraiment, vous ne voulez pas que nous vous aidions un peu ? demanda-t-elle.

Le capitaine, cette fois, ne tressaillit point. Il répondit avec une simplicité profonde :

— Non, je vous assure. Pas vous. Depuis longtemps je n'ai été aussi heureux.

Il médita quelques instants, tandis qu'une hésitation contractait ses lèvres. Passionnément, il étudia le visage de Marie Lvovna, puis, comme rassuré par tout ce qu'il y découvrait de miséricorde, poursuivit :

— Pourtant, je n'ai pas le droit de faire le fier. Non.

Marie Lvovna l'écoutait plus attentivement, car elle reconnaissait dans sa voix les mêmes notes enfantines et pures qu'elle y avait surprises lorsqu'il pleurait.

— Pourquoi ? demanda-t-elle.

Il sentit si bien que ce n'était pas de la curiosité, mais une permission à la confidence, qu'il la remercia d'un navrant sourire.

— Vous savez, dit-il, quand je pense à certains de mes actes et à l'homme que j'étais avant tout cela, je ne comprends pas. Par bonheur, on ne pense pas souvent.

Il but une gorgée de thé, tendit faiblement les mains vers Marie Lvovna.

— C'est venu peu à peu. Après ma blessure dans l'armée blanche, j'ai été soigné à Constantinople. De là, Wrangel m'envoya en Roumanie en mission. La vie, à Bucarest, fut bonne. Un fort traitement, des gens agréables. Je dépensai sans compter, naturellement. Et un jour tout croula. J'allai à Vienne où des amis m'appelaient. Quand j'arrivai, ils étaient partis. Je m'embauchai dans une usine, comme vous le prouve ma main droite. Une fois estropié, que faire ? Je vécus aux crochets de quelques camarades en attendant la chance. Elle vint.

« Un officier de mon régiment me proposa de faire des exhibitions obscènes pour des étrangers. Vous avez peut-être lu la chose dans les journaux. Cela nous donna cinq mois de vie facile. Puis

nous fûmes dénoncés. Il fallut fuir. J'ignore ce
que devint mon associé. Pour moi, avec un faux
passeport, je passai en Allemagne. »

Sogoub s'arrêta, la gorge sèche. Pourquoi dévi-
dait-il le fil ignominieux de ses aventures dans
cette pièce paisible, devant une femme qu'aucune image vile n'avait jamais dû toucher ?

Il se le demandait, anxieux de savoir si quelque
perversité monstrueuse, encore inconnue de lui-
même, se levait en son cœur flétri. Mais non,
c'était impossible. Il n'éprouvait que reconnais-
sance, que vénération, pour celle qui montrait
une si rayonnante puissance d'accueil. N'était-ce
point cette odeur de pureté parfaite, incorrupti-
ble, qui le forçait à parler de ses fautes comme
devant une mère ? Ne cherchait-il pas obscurément une absolution ? A n'en pas douter, voilà le
vrai motif. Il consentait à rejoindre la nuit glacée,
la ville terrible, mais pas avec le fardeau du
mépris qu'il s'était senti soudain pour lui-même.
Il fallait qu'une âme innocente l'aidât à le porter.

Marie Lvovna, elle, songeait à ses deux fils. Elle
se souvenait avec quelle frayeur elle avait vu
croître en eux l'appétit des plaisirs matériels, la
volonté de jouissance rapide. L'un d'eux surtout
l'inquiétait par son besoin de luxe et ce qu'elle
devinait de faiblesse latente au fond de lui.

Peut-être, quelques années auparavant — lorsque ses fils étaient encore enfants — le récit du
capitaine Sogoub l'eût-il emplie de répulsion.

Mais elle avait eu le temps d'apprendre — au prix de quelles souffrances — ce qui peut dormir de trouble chez les jeunes hommes sans discipline. Et, tandis que Sogoub, poussé par le besoin de la confession, racontait comment il avait été rabatteur de tripots, pourvoyeur de maisons clandestines, elle se disait qu'il fallait tout admettre, tout pardonner et qu'un homme malheureux ne pouvait avoir de juges.

Quand il eut terminé, il se fit, dans la pénombre diffuse qui avait envahi la pièce un long silence. Le samovar, à bout de souffle, avait rompu sa chanson.

— Cette fois, je m'en vais vraiment, dit Sogoub. Merci. De m'avoir écouté surtout.

Il se leva résolument, s'avança vers la porte.

Soudain, la table vibra d'un coup de poing qu'il avait assené.

— Et je continuerai, cria-t-il, oui, je continuerai mes saletés. Je n'ai rien d'autre à faire. La main cassée, à la poitrine une plaie qui suppure tout le temps. J'ignore leur langue, tout. Oui, je continuerai. Et celui qui me le reprochera, je le tue.

Il se ressaisit, mordit son poignet avec rage.

— Pardonnez-moi, je vous en supplie, gronda-t-il. C'est encore la division sauvage qui parle. Oh ! il ne m'en restera plus rien bientôt, j'en suis sûr. J'accepterai les aumônes. Ou bien, quand je trouverai un objet comme celui-ci chez des gens qui m'auront réchauffé, je le volerai.

Il avait pris sur la cheminée une tabatière ancienne qui, sur un fond d'onyx, au milieu de perles minuscules, portait l'effigie de la grande Catherine. Il caressa la boîte et dit avec une douceur profonde :

— On faisait de belles choses chez nous.

— Prenez-la, dit Marie Lvovna. Comme porte-chance.

Il hésita une seconde, puis remettant la tabatière à sa place :

— Pourquoi ? Je la vendrais demain. Non... Je ne mérite pas.

Il était déjà dans l'antichambre. Comme Marie Lvovna l'accompagnait, il s'inclina vers sa main. Mais elle était d'une génération qui, par soif de simplicité, n'admettait point ce geste et recula un peu.

Le capitaine Sogoub murmura, et jamais prière ne fut plus ardente :

— Laissez, laissez ! C'est tout ce qui me reste !

La porte claqua. Marie Lvovna demeura immobile. Ensuite, de son pas égal et silencieux, elle alla desservir la table.

Avant-propos   9
Mary de Cork   21
Makhno et sa juive   59
Le thé du capitaine Sogoub   143

ŒUVRES DE JOSEPH KESSEL

Aux Éditions Gallimard

LA STEPPE ROUGE, *nouvelles.*

L'ÉQUIPAGE, *roman.*

LE ONZE MAI, en collaboration avec Georges Suarez, *essai.*

AU CAMP DES VAINCUS, en collaboration avec Georges Suarez, illustré par H. P. Gassier, *essai.*

MARY DE CORK, *essai.*

LES CAPTIFS, *roman.*

DAMES DE CALIFORNIE, *récit.*

LA RÈGLE DE L'HOMME, illustré par Marise Rudis, *récit.*

BELLE DE JOUR, *roman.*

NUITS DE PRINCES, *récit.*

VENT DE SABLE, frontispice de Geneviève Galibert, *récit.*

WAGON-LIT, *roman.*

STAVISKY. L'HOMME QUE J'AI CONNU, *essai.*

LES ENFANTS DE LA CHANCE, *roman.*

LE REPOS DE L'ÉQUIPAGE, *roman.*

LA PASSANTE DU SANS-SOUCI, *roman.*

LA ROSE DE JAVA, *roman.*

HOLLYWOOD. VILLE MIRAGE, *reportage.*

MERMOZ, *biographie.*

LE TOUR DU MALHEUR, *roman.*
    I. LA FONTAINE MÉDICIS.
    II. L'AFFAIRE BERNAN.
    III. LES LAURIERS-ROSES.
    IV. L'HOMME DE PLÂTRE.

AU GRAND SOCCO, *roman.*

LE COUP DE GRÂCE, en collaboration avec Maurice Druon, *théâtre.*

LA PISTE FAUVE, *récit.*

LA VALLÉE DES RUBIS, *nouvelles.*

HONG KONG ET MACAO, *reportage.*

LE LION, *roman.*

LES MAINS DU MIRACLE, *document.*

AVEC LES ALCOOLIQUES ANONYMES, *document.*

LE BATAILLON DU CIEL, *roman.*

DISCOURS DE RÉCEPTION à l'Académie française et réponse de M. André Chamson.

LES CAVALIERS, *roman.*

DES HOMMES, *souvenirs.*

LE PETIT ÂNE BLANC, *roman.*

LES TEMPS SAUVAGES, *roman.*

Traduction

LE MESSIE SANS PEUPLE, par Salomon Poliakov, version française de J. Kessel.

Chez d'autres éditeurs

L'ARMÉE DES OMBRES.

LE PROCÈS DES ENFANTS PERDUS.

NAGAÏKA.

NUITS DE PRINCES *(nouvelle édition)*.

LES AMANTS DU TAGE.

FORTUNE CARRÉE *(nouvelle édition)*.

TÉMOIN PARMI LES HOMMES.

TOUS N'ÉTAIENT PAS DES ANGES.

POUR L'HONNEUR.

LE COUP DE GRÂCE.

TERRE D'AMOUR ET DE FEU.

ŒUVRES COMPLÈTES.

COLLECTION FOLIO

Dernières parutions

2671. Pierre Charras — *Marthe jusqu'au soir.*
2672. Ya Ding — *Le Cercle du Petit Ciel.*
2673. Joseph Hansen — *Les mouettes volent bas.*
2674. Agustina Izquierdo — *L'amour pur.*
2675. Agustina Izquierdo — *Un souvenir indécent.*
2677. Philippe Labro — *Quinze ans.*
2678. Stéphane Mallarmé — *Lettres sur la poésie.*
2679. Philippe Beaussant — *Le biographe.*
2680. Christian Bobin — *Souveraineté du vide* suivi de *Lettres d'or.*
2681. Christian Bobin — *Le Très-Bas.*
2682. Frédéric Boyer — *Des choses idiotes et douces.*
2683. Remo Forlani — *Valentin tout seul.*
2684. Thierry Jonquet — *Mygale.*
2685. Dominique Rolin — *Deux femmes un soir.*
2686. Isaac Bashevis Singer — *Le certificat.*
2687. Philippe Sollers — *Le Secret.*
2688. Bernard Tirtiaux — *Le passeur de lumière.*
2689. Fénelon — *Les Aventures de Télémaque.*
2690. Robert Bober — *Quoi de neuf sur la guerre ?*
2691. Ray Bradbury — *La baleine de Dublin.*
2692. Didier Daeninckx — *Le der des ders.*
2693. Annie Ernaux — *Journal du dehors.*
2694. Knut Hamsun — *Rosa.*

2695. Yachar Kemal — *Tu écraseras le serpent.*
2696. Joseph Kessel — *La steppe rouge.*
2697. Yukio Mishima — *L'école de la chair.*
2698. Pascal Quignard — *Le nom sur le bout de la langue.*
2699. Jacques Sternberg — *Histoires à mourir de vous.*
2701. Calvin — *Œuvres choisies.*
2702. Milan Kundera — *L'art du roman.*
2703. Milan Kundera — *Les testaments trahis.*
2704. Rachid Boudjedra — *Timimoun.*
2705. Robert Bresson — *Notes sur le cinématographe.*
2706. Raphaël Confiant — *Ravines du devant-jour.*
2707. Robin Cook — *Les mois d'avril sont meurtriers.*
2708. Philippe Djian — *Sotos.*
2710. Gabriel Matzneff — *La prunelle de mes yeux.*
2711. Angelo Rinaldi — *Les jours ne s'en vont pas longtemps.*
2712. Henri Pierre Roché — *Deux Anglaises et le continent.*
2714. Collectif — *Dom Carlos et autres nouvelles françaises du XVIIe siècle.*
2715. François-Marie Banier — *La tête la première.*
2716. Julian Barnes — *Le porc-épic.*
2717. Jean-Paul Demure — *Aix abrupto.*
2718. William Faulkner — *Le gambit du cavalier.*
2719. Pierrette Fleutiaux — *Sauvée !*
2720. Jean Genet — *Un captif amoureux.*
2721. Jean Giono — *Provence.*
2722. Pierre Magnan — *Périple d'un cachalot.*
2723. Félicien Marceau — *La terrasse de Lucrezia.*
2724. Daniel Pennac — *Comme un roman.*
2725. Joseph Conrad — *L'Agent secret.*
2726. Jorge Amado — *La terre aux fruits d'or.*
2727. Karen Blixen — *Ombres sur la prairie.*
2728. Nicolas Bréhal — *Les corps célestes.*
2729. Jack Couffer — *Le rat qui rit.*
2730. Romain Gary — *La danse de Gengis Cohn.*

2731. André Gide — *Voyage au Congo* suivi de *Le retour du Tchad.*

2733. Ian McEwan — *L'enfant volé.*

2734. Jean-Marie Rouart — *Le goût du malheur.*

2735. Sempé — *Âmes sœurs.*

2736. Émile Zola — *Lourdes.*

2737. Louis-Ferdinand Céline — *Féerie pour une autre fois.*

2738. Henry de Montherlant — *La Rose de sable.*

2739. Vivant Denon Jean-François de Bastide — *Point de lendemain*, suivi de *La Petite Maison.*

2740. William Styron — *Le choix de Sophie.*

2741. Emmanuèle Bernheim — *Sa femme.*

2742. Maryse Condé — *Les derniers rois mages.*

2743. Gérard Delteil — *Chili con carne.*

2744. Édouard Glissant — *Tout-monde.*

2745. Bernard Lamarche-Vadel — *Vétérinaires.*

2746. J.M.G. Le Clézio — *Diego et Frida.*

2747. Jack London — *L'amour de la vie.*

2748. Bharati Mukherjee — *Jasmine.*

2749. Jean-Noël Pancrazi — *Le silence des passions.*

2750. Alina Reyes — *Quand tu aimes, il faut partir.*

2751. Mika Waltari — *Un inconnu vint à la ferme.*

2752. Alain Bosquet — *Les solitudes.*

2753. Jean Daniel — *L'ami anglais.*

2754. Marguerite Duras — *Écrire.*

2755. Marguerite Duras — *Outside.*

2756. Amos Oz — *Mon Michaël.*

2757. René-Victor Pilhes — *La position de Philidor.*

2758. Danièle Sallenave — *Les portes de Gubbio.*

2759. Philippe Sollers — *PARADIS 2.*

2760. Mustapha Tlili — *La rage aux tripes.*

2761. Anne Wiazemsky — *Canines.*

2762. Jules et Edmond de Goncourt — *Manette Salomon.*

2763. Philippe Beaussant — *Héloïse.*

2764. Daniel Boulanger — *Les jeux du tour de ville.*

2765. Didier Daeninckx — *En marge.*

2766. Sylvie Germain — *Immensités.*

2767. Witold Gombrowicz — *Journal I (1953-1958).*

2768. Witold Gombrowicz — *Journal II (1959-1969).*

2769. Gustaw Herling — *Un monde à part.*

2770. Hermann Hesse — *Fiançailles.*

2771. Arto Paasilinna — *Le fils du dieu de l'Orage.*

2772. Gilbert Sinoué — *La fille du Nil.*

2773. Charles Williams — *Bye-bye, bayou !*

2774. Avraham B. Yehoshua — *Monsieur Mani.*

2775. Anonyme — *Les Mille et Une Nuits III (contes choisis).*

2776. Jean-Jacques Rousseau — *Les Confessions.*

2777. Pascal — *Les Pensées.*

2778. Lesage — *Gil Blas.*

2779. Victor Hugo — *Les Misérables I.*

2780. Victor Hugo — *Les Misérables II.*

2781. Dostoïevski — *Les Démons (Les Possédés).*

2782. Guy de Maupassant — *Boule de suif et autres nouvelles.*

2783. Guy de Maupassant — *La Maison Tellier. Une partie de campagne et autres nouvelles.*

2784. Witold Gombrowicz — *La pornographie.*

2785. Marcel Aymé — *Le vaurien.*

2786. Louis-Ferdinand Céline — *Entretiens avec le Professeur Y.*

2787. Didier Daeninckx — *Le bourreau et son double.*

2788. Guy Debord — *La Société du Spectacle.*

2789. William Faulkner — *Les larrons.*

2790. Élisabeth Gille — *Le crabe sur la banquette arrière.*

2791. Louis Martin-Chauffier — *L'homme et la bête.*

2792. Kenzaburô Ôé — *Dites-nous comment survivre à notre folie.*

2793. Jacques Réda — *L'herbe des talus.*

2794. Roger Vrigny — *Accident de parcours.*

2795. Blaise Cendrars — *Le Lotissement du ciel.*

2796. Alexandre Pouchkine   *Eugène Onéguine.*
2797. Pierre Assouline   *Simenon.*
2798. Frédéric H. Fajardie   *Bleu de méthylène.*
2799. Diane de Margerie   *La volière suivi de Duplicités.*
2800. François Nourissier   *Mauvais genre.*
2801. Jean d'Ormesson   *La Douane de mer.*
2802. Amos Oz   *Un juste repos.*
2803. Philip Roth   *Tromperie.*
2804. Jean-Paul Sartre   *L'engrenage.*
2805. Jean-Paul Sartre   *Les jeux sont faits.*
2806. Charles Sorel   *Histoire comique de Francion.*
2807. Chico Buarque   *Embrouille.*
2808. Ya Ding   *La jeune fille Tong.*
2809. Hervé Guibert   *Le Paradis.*
2810. Martín Luis Guzmán   *L'ombre du Caudillo.*
2811. Peter Handke   *Essai sur la fatigue.*
2812. Philippe Labro   *Un début à Paris.*
2813. Michel Mohrt   *L'ours des Adirondacks.*
2814. N. Scott Momaday   *La maison de l'aube.*
2815. Banana Yoshimoto   *Kitchen.*
2816. Virginia Woolf   *Vers le phare.*
2817. Honoré de Balzac   *Sarrasine.*
2818. Alexandre Dumas   *Vingt ans après.*
2819. Christian Bobin   *L'inespérée.*
2820. Christian Bobin   *Isabelle Bruges.*

Impression Bussière Camedan Imprimeries
à Saint-Amand (Cher),
le 24 avril 1996.
Dépôt légal : avril 1996.
1er dépôt légal dans la collection : décembre 1987.
Numéro d'imprimeur : 1/987.
ISBN 2-07-037905-1./Imprimé en France.